KB062437

이것이 법이다 180

2024년 3월 22일 초판 1쇄 인쇄
2024년 3월 27일 초판 1쇄 발행

지은이 자카예프
발행인 김관영

기획 박경무 강민구 임동관 조익현
책임편집 최전경
마케팅지원 유형일 장민정

발행처 (주)로크미디어
출판등록 2003년 3월 24일
주소 서울시 마포구 마포대로 45 일진빌딩 6층
Tel (02)3273-5135 **Fax** (02)3273-5134
홈페이지 rokmedia.com **E-mail** rokmedia@empas.com

값 9,000원

ISBN 979-11-408-2118-1 (180권)
ISBN 979-11-255-9575-5 04810 (세트)

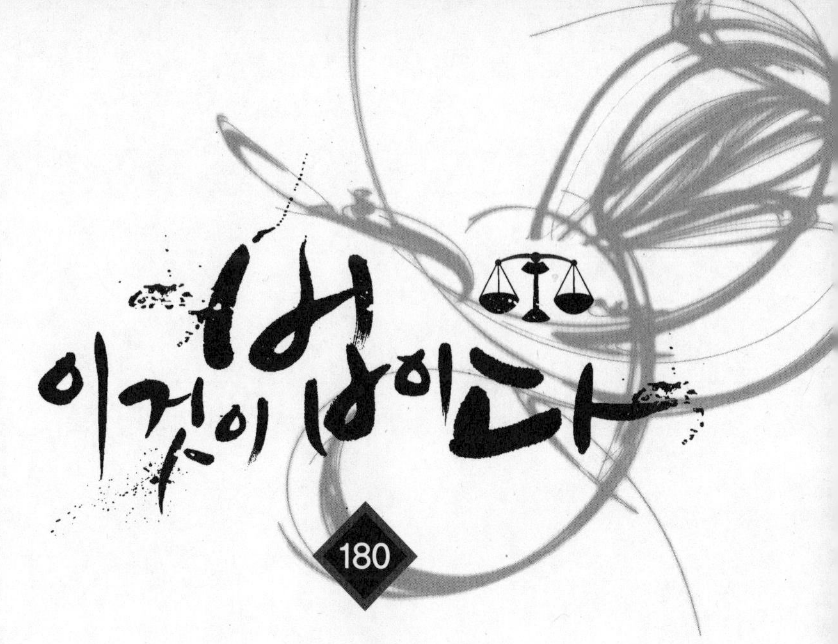

자카예프 장편소설

이 소설은 픽션입니다.
등장하는 인물 및 지명 등은 현실과 연관이 없습니다.
또한 소설 내에 나오는 법이나 법리 해석의 경우에도 대중문학의 극적 전개를 위하여 일부분 과장되거나 변형된 것이 존재하니 실제 법과 혼동하지 않으시길 바랍니다.

CONTENTS

제대로 된 가치를 위해서

의료보험은 적자다. 그리고 그 가장 큰 이유는 구조적인 문제에 있다.

현 대한민국은 젊은 층은 적고 노인층은 많은 구조를 띠고 있다.

이는 돈을 내는 사람은 적은데 수혜가 필요한 사람은 많다는 뜻.

적자가 안 날 수 없는 구조다.

그렇기에 노형진은 적자를 흑자로 바꾸자고 하지 않았다. 그건 불가능하니까.

"흠."

"확인해 보셨습니까?"

"음. 확실히, 구조가 이상하긴 했지."

노형진의 질문에 송정한은 다소 어두운 얼굴로 입을 열었다.

노형진이 한 말은 간단했다. 돈을 제대로 쓰자.

"한국의 의료보험, 아니 의료 수가는 구조적으로 이상합니다. 생명을 심각하게 여기면서도 정작 생명을 다뤄야 하는 의료 수가의 가치는 낮습니다."

"그렇더군."

물론 마냥 낮은 건 아니다.

마냥 가치가 낮다면 누구도 하지 않을 테니까.

"하지만 중요한 건 그거죠. 상대적으로 가치가 낮다."

사람의 생명을 담보로 일을 해야 한다.

치과나 안과 또는 피부과는 사람의 생명을 담보로 뭔가를 해야 하는 경우가 거의 없지만, 정형외과만 해도 수술을 해야 하고 신경외과쯤 되면 뇌를 직접 다뤄야 한다.

"그런 환경에서 일하는 이들에 대한 보상이 의외로 적습니다."

"왜 그런 구조인지 모르겠군."

"공무원들은 자본주의를 이해하지 못하거든요."

"설마."

"설마가 아닙니다. 공무원들이 복지부동하는 거야 한두 해 문제가 아니지 않습니까?"

의료 수가를 결정하는 건 국회가 아니라 공무원이다. 그리고 실제로 공무원들은 자본주의를 이해하지 못한다.

"아니, 표현이 잘못되었군요. 공무원 조직이 이해하지 못한다고 해야 하겠네요."

"조직이 이해를 못 한다고?"

"음…… 이렇게 생각하시면 무슨 뜻인지 이해하기가 수월하실 겁니다. 장기적으로 복지를 늘릴 생각이시죠?"

"그렇게 되겠지."

복지를 늘리는 것은 단순한 포퓰리즘의 문제가 아니다.

노년층이 많아지니 그들의 생계나 건강 문제 등과 관련된 복지에 대한 새로운 수요가 발생할 수밖에 없다. 당장 현 상황에서 그 수요를 갑자기 줄이는 건 불가능하다.

"그런데 그 복지를 늘리면 어떤 문제가 발생할 것 같습니까?"

"글쎄."

"일단은 인원 부족이죠."

"인원 부족?"

"네. 복지 비용을 늘리면 그것과 관련해 인건비가 늘어날 것 같습니까? 애석하게도 아닙니다."

"흠."

"한국의 가장 큰 문제는 인건비를 너무 하찮게 생각한다는 겁니다. 하지만 사업하는 사람들은 압니다, 인건비가 총 투자 비용에서 얼마나 큰 비중을 차지하는지."

가령 어떤 복지 제도가 생겨서 거기에 예산 5천억이 배정 된다고 치자. 그러면 그중에서 인건비의 비중은 얼마나 될까?

"제로입니다."

"제로라……."

"네."

정치인들은 간단하게 생각한다, 기존에 있던 인력을 쓰면 되는 거 아니냐고.

문제는 정치인의 눈에 보이지 않을 뿐 복지 쪽의 업무는 모든 업무 중에서도 일이 많고 어렵기로 소문이 자자하다는 거다.

그래서 대부분의 경우 기존의 숙련된 인력들이 꺼려 해 신입을 박아 넣는데, 그 신입도 업무를 견디지 못해 100% 때려치우거나 다음 신입이 오면 다른 부서로 빤스런 해 버린다.

"물론 인건비로 장난치는 건 저도 싫어하기는 합니다."

당장 전 세계에서 가장 큰 자선단체 중 하나인 세계복지재단만 해도 인건비를 아끼기 위해 많은 방법을 썼다.

예를 들어 인건비가 비싼 유럽이나 미국 출신의 노동자보다는 아프리카에서 제대로 교육받은 사람을 쓰는 식이다.

이렇게 하면 인건비를 아낌과 동시에 해당 국가의 직원 고용 효과를 창출할 수 있다.

그런데 세계복지재단은 여기서 한발 더 나아가 제대로 된 교육 시설을 만들어 직원을 교육시킨다.

교육 시설을 만들면 돈이 더 들 것 같지만 실제로는 신기하게도 유럽이나 미국 출신을 쓰는 것보다 그게 더 싸다.

"하지만 저는 그것과 관련해서 절대로 인원이 부족하게 하지는 않습니다."

개발도상국 사람들을 쓰는 것과 별개로 숫자를 줄여서 돈을 아끼려고 하지는 않는다.

"왜냐하면, 그렇게 되면 도리어 마이너스가 되거든요."

사람은 없는데 일이 많다? 그러면 구멍이 나기 마련이다.

현장에 가서 확인해야 하는 걸 전화 한 통으로 넘어가고, 증빙서류가 와도 그게 조작인지 아닌지 확인도 하지 않는다.

"300만 원을 아끼면 30억이 비는 거죠."

"그런가?"

"네. 실제로 비슷한 일도 있고요."

"흠."

송정한은 다소 동의하기 어려워하는 기색이었다.

노형진은 그가 이해하기 쉽도록 조금 더 설명을 보태기로 했다.

"음…… 한국의 관공서는 여름만 되면 에어컨의 온도가 28도로 고정되지 않습니까?"

"그렇지."

"그런데 일본의 어떤 시장이 그에 대해 의문점을 가졌죠."

과연 이렇게 더운데 능률이 나올 것인가?

그래서 그는 온도를 28도에서 25도로 낮추게 하고, 그 대신에 효율적으로 업무를 하고 돈을 아낄 수 있는 다른 방안을 찾아보라고 했다.

"그리고 그곳에서는 1년에 2,800억을 아꼈습니다."

"자네가 말하는 게 뭔지 알겠군."

인건비 따먹기라는 말이 있다. 같은 업무를 최소한의 사람에게 시킴으로써 최대한 아끼는 걸 의미한다.

그런데 그건 어느 정도의 규모부터는 불가능하다.

도리어 일정 이상의 규모에서 인건비는 극히 일부에 지나지 않게 된다.

"그 순간부터는 내부에서 새는 돈을 막아야 하는 시점이죠."

그런데 한국의 조직은 그러지 않는다. 돈을 아껴야 할 경우 가장 먼저 하는 게 바로 인건비 줄이기다.

"그리고 그건 의사들에게도 적용됩니다."

의사가 되는 건 쉽지 않다.

더군다나 심장이나 뇌 또는 신경 쪽 전공 같은 경우에는 더 많은 시간과 더 많은 돈이 들어간다.

"그런데 지금 돈이 되는 곳은 치과와 안과 그리고 피부과죠."

"하지만 피부과 같은 경우는 대부분 비급여잖나?"

한국에서 피부과가 돈이 되는 건 피부병 환자가 많아서가 아니다. 한국 피부과의 주요 수익은 피부병 치료가 아니라 피부 관리에서 나온다.

"그게 문제가 아니죠."

"아니라고?"

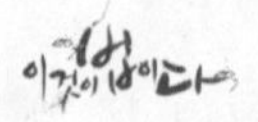

"만일 수술이 필요한 심장병 환자가 백 명인데 수술 가능한 의사는 열 명뿐이라면 그 사람들의 가치는 자연히 뛸 수밖에 없죠."

"아아~."

그리고 병원 입장에서 그 사람들에게 비싼 가격을 붙이는 건 당연한 거다.

실제로 대형 병원에 가면 교수급의 의사들에게는 추가로 비용이 붙기도 한다.

"그리고 피부과는 아예 일부일 뿐입니다."

중요하지 않은 질병에 막대한 돈을 들여 가면서 치료하는 병원이 생각보다 상당하다.

"생각해 보세요. 더 오래 공부하고 더 오래 준비하고 더 오래 훈련받았는데 피부과보다 더 적은 돈을 받는다면, 누가 과연 어려운 일을 하려 하겠습니까?"

"흠……."

"적자를 줄이는 것과 별개로 이런 쪽에는 의료 수가를 조정해서 더 줘야 합니다."

한국의 대형 병원에서 뇌 질환을 치료하는 의사가 교수급의 대우를 받는다면 얼마나 받을 수 있을까? 아마도 6억 정도 받을 수 있을 거다.

그런데 강남이나 명동의 나름 유명한 피부과에서 일하면?

규모에 따라 다르지만 평균 수십억, 아주 큰 곳이라면 수

백억이 될 수도 있다.

그제야 노형진의 설명을 이해한 듯, 송정한이 입을 열었다.

"적자와 별개로 돈이 들어갈 곳을 고쳐야 한다는 건가?"

"맞습니다."

생명이 우선시되어야 하고 예방이 우선시되어야 한다.

적자를 줄이기 위해서, 들어가는 돈을 줄이는 건 나쁘지 않다. 그러나 그걸 위해 의사에게 희생을 강요하는 구조는 장기적으로 한국의 의료 시스템을 붕괴시킬 가능성이 아주 높다.

"의사들이 그러더군요, 10년 후에도 맹장 수술이 가능할지 모르겠다고."

"설마."

"물론 의사 협회도 좀 오버하는 건 있겠죠."

하지만 확실히 외과나 생명과 관련된 분야에 대한 의료 수가 보정은 어느 정도 있어야 한다.

"그리고 심평원도 좀 때려잡아야 하고요."

"심평원은 왜?"

"심평원에서 수작질을 엄청 부립니다. 모르십니까?"

건강보험심사평가원, 줄여서 심평원은 의료보험 시스템의 핵심이다.

예를 들어 어느 곳에서 수술이 이루어지면 심평원에서는 그와 관련해서 심사하고 돈을 지급할지 판단한다.

그건 잘못된 게 아니다.

심평원은 그걸 주요 업무로 하기 위해 설립된 곳이니까.

"문제는 그 과정에서……. 아시죠?"

"친하면 더 준다 이건가?"

"알려지지 않은 사실이죠. 한국에서 뇌물이 빠지면 섭섭할 테니."

노형진의 말에 송정한은 심각한 얼굴이 되었다.

그도 그럴 게 그런 건 한 번도 생각해 본 적이 없으니까.

하지만 납득하는 건 어렵지 않았다.

"심사 대상이 심사하는 이에게 돈을 주는 게 흔한 일이기는 하지."

"네. 심지어 심평원은 지난 수십 년간 제대로 된 감사를 받아 본 적도 없습니다."

노형진은 안타깝게 말했다.

"이런 말 들어 보셨을 겁니다. 어디어디 병원은 가지 마라, 무조건 수술하라고 한다."

"하긴 뭐, 이제 나도 나이가 나이니까 친구들도 다들 병원에 다녀야 하는 처지다 보니 그런 말이 종종 들리기는 하더군."

노형진은 입맛을 쩝쩝 다시며 말했다.

"전국에 병원이 엄청나게 늘어났습니다. 그리고 그중에는 지역에서 소문난 질 낮은 병원들도 있죠."

방문한 환자들에게 일단 수술부터 권하는 병원들.

소위 말하는 과잉 진료를 하는 병원들이다.

전국적으로 도시마다 몇 곳이 있는데, 그런 곳들은 알음알음 소문이 다 난다.

"그런데 이상한 건 그거죠."

그 정도로 소문났다면 심평원에서 걸러 내야 한다. 그런데 그들은 아무것도 하지 않는다.

"왜 그러겠습니까?"

"걸러 낼 생각이 없다는 거군."

"맞습니다."

걸러 내야 하지만 그러지 않는다. 받은 게 있으니까.

실제로 감사 철이 되면 감사기관들에 얼마나 선물 공세가 쇄도하는지 알 사람들은 다 안다.

국회의원의 집에는 한우에서부터 보약, 심지어 누가 보냈는지 알 수 없는 명품까지 그득그득 온다.

"웃긴 거죠."

국회의원은 감사를 집행하는 사람이지 감사 대상이 아니다. 그렇다 보니 수십, 수백억씩 처먹어도 문제 될 게 없다는 식으로 행동하며 노골적으로 돈을 받아 챙긴다.

"심평원이라고 다르겠습니까?"

더군다나 심평원도 의료와 같은 전문적인 분야와는 상관없는 공무원들일 뿐이다.

그렇다 보니 현실적으로 이게 진짜 필요한 시술인지, 아니면 돈을 벌기 위한 시술인지 기계적으로 판단할 뿐이다.

"그런 상황에서 병원이 고를 수 있는 선택지는 별로 없죠."

심평원에서 허가를 내주지 않으면 그대로 돈을 날리게 되니 잘 보이려고 발악하는 수밖에 없다.

"살리기 위해 일단 써야 하는 건데 쓰지 못하는 경우도 있고요."

"그건 또 뭔 소리인가?"

"예를 들어 체외순환 막형 산화기라는 게 있습니다. 보통은 에크모라고 하죠."

"그런데?"

"그건 사용하면 수가에서 빠집니다."

"잠깐, 이해가 안 가는데? 척 들어 봐도 말이 안 되지 않나?"

의료 지식이 없지만 체외순환 막형 산화기라는 이름에서부터 뭔가 중요하게 느껴질 정도였다. 그런데 그걸 사용하면 수가에서 뺀다니?

"현실을 모르니까요."

에크모는 폐와 심장을 대신해서 혈액을 체내에서 빼내 이산화탄소를 제거하고 산소를 주입해 다시 체내로 돌려보내는 장치다.

그런데 한국의 심평원은 그것의 사용을 인정하지 않는다.

"예를 들어 인공 심폐기를 달고 수술했다고 치죠."

수술이 끝나면 당연히 그 사람은 다른 방으로 이동해야 한다. 그래야 수술실에서 다음 수술을 준비할 수 있으니까.

"그럴 때는 이 에크모가 필요합니다."

인공 심폐기의 경우는 아무래도 수술실에서 쓰는 것이기 때문에 가져갈 수도 없을뿐더러, 만에 하나 가져가 버릴 경우 다음 수술에서 쓸 수 없으니까.

그럴 때는 인공 심폐기를 떼고 대신에 에크모를 달아야 한다.

기능은 비슷하지만 사용처가 완전히 다른 셈이다.

"그런데 심평원에서는 그날 동일한 성능의 장비를 두 번 쓴다는 이유로 바로 커트해 버리죠."

"뭐라고? 잠깐, 그 말이 사실이야?"

"네."

그래서 병원에서는 기도를 해야 한다.

수술을 끝내고 인공 심폐기를 뗀 뒤 에크모 없이 환자를 다른 곳으로 옮기는 동안 알아서 살아남아 달라고 말이다.

"기도 메타 같은 거죠. 그나마 최선의 방법은 환자의 가족들에게 비급여에 대해 설명해 주고 그 돈을 내라고 하는 정도겠네요."

"그걸 심평원이 모르나?"

"모르겠습니까?"

이 문제가 제기된 게 한두 해 일이 아닌데 병원이 바보도 아니고, 에크모가 환자의 생존에 필요하다고 설명하지 않았을 리 없다.

본원의 환자가 죽기를 원하는 병원은 그 어디에도 없다.

"하지만 심평원은 상관하지 않죠."

자신이 죽는 게 아니니까.

도리어 한 푼이라도 더 깎으면 인사고과에서 유리해질 테고, 설사 그렇지 않더라도 의료 수가가 깎이면 그만큼 더 받기 위해 돈을 바리바리 싸 들고 찾아오니까.

"다른 기관들과 마찬가지로 심평원도 권력화가 상당히 이루어진 조직입니다."

"몰랐네……."

"누구도 말하지 않겠죠."

당장 국방부의 예산 문제에서 실질적인 원인이 국방부가 아니라 예산을 배정하는 기획재정부라고 말한 것도 노형진이 처음이 아니던가?

"예산이 더 늘어나겠군."

"정확하게는 아니죠. 아시지 않습니까?"

예산은 공정하게 해야 한다.

하지만 뇌물을 준 놈에게 백억 천억 퍼 주고 나면 어떻게 될까?

당연히 받아야 하는 사람들이 못 받게 된다.

"내 돈이 아니니까요."

내 돈이 아니라는 말은 국가 사무에서 엄청난 파괴력을 자랑하는 말이다.

'내 돈이 아니다.' 그러니까 그냥 내 마음대로 한다.

"국회의사당 앞 주유소에 가 보신 적 있죠?"

"그렇지."

"거기 가격 보셨습니까?"

"그래, 엄청나게 비싸더군. 땅값이 비싸서 그런가."

노형진은 송정한의 말에 크게 웃었다.

"하하하, 그럴 리가요. 그게 아닙니다."

"아니라고?"

"네. 국회의사당 앞 주유소의 가격은 미쳤죠."

가령 다른 지역에서 휘발유 1리터에 1,400원 정도 한다면 국회의사당 앞 주유소는 리터당 1,900원, 어떤 경우는 2,100원까지 한다.

물론 그 앞이 비싼 땅이라는 건 부정할 수 없는 사실이다.

"그렇지만 그 대신에 다른 걸 주죠."

"다른 걸 준다고?"

"네."

소위 말하는 포인트라는 걸 다른 곳의 수십 배나 쌓아 준다.

다른 곳에서 1리터 넣었을 때 적립되는 포인트가 잘해 봐야 50원 정도라면, 이곳은 심하면 300~400원씩 넣어 준다.

"왜 그러겠습니까?"

"글쎄."

"내 돈이 아니거든요."

국회의원의 차량에 들어가는 주유비는 국가에서 부담한다. 당연히 내 돈이 아니다. 그러니 아낄 이유도 없다.

그리고 정부는 포인트나 그게 쌓여서 주어지는 선물에 대해서는 신경 쓰지 않는다.

그러면 그 운전기사는 어떤 생각을 할까?

"설마 그 포인트가……."

"그 사람한테는 돈이 되는 거죠."

여기서 기름을 넣으면 한 달에 수만 원에서 수십만 원을 챙길 수 있다. 그리고 적립된 포인트로 물건을 원하는 대로 교환해 갈 수 있는데 굳이 다른 곳에 가서 기름을 넣으려 할까?

"심지어 그것조차 슈킹하는 국회의원도 있고요."

어떤 국회의원은 한 주유소에서 주유비를 2,800만 원이나 결제했다. 그것도 한 달 만에 말이다.

상식적으로 그 금액은 해당 차량을 스물네 시간 내내 굴려도 나올 수 없는 비용이다. 전차를 스물네 시간 내내 굴렸을 때나 가능한 수준.

"그 돈이 어디 갔을 것 같습니까?"

"내 돈이…… 아니다라……."

"네, 의료보험 손실의 핵심은 그겁니다."

'내 돈이 아니다.'

양심적으로 진료하고 더 많은 사람을 구하려 하는 의사는 적자를 보고, 비양심적으로 뇌물을 주면서 평가를 높여 달라고 요구하는 의사는 돈을 더 많이 버는 구조.

“의사들이 적자라 이건가?”

“어떤 곳은 적자고 어떤 곳은 흑자죠.”

“흠…….”

“한국에서 건강한 사람에 대한 케어는 사실 충분합니다. 그건 부정할 수 없습니다.”

그런데 정작 주요 심각한 질병에 대한 지원은 부족한 게 현실.

“특히 대부분의 적자는 의료 쇼핑을 하는 사람들에게서 발생하니까요.”

의료 쇼핑이란 건강을 이유로 이곳저곳을 계속 찾아다니는 사람들을 말한다.

그런 사람들은 기본적으로 소위 건강염려증이라는 일종의 정신적 질병을 가지고 있다.

“그런 사람들은 의사가 뭐라고 하든 신경 쓰지 않습니다.”

가령 기침을 했다? 그러면 원인은 다양하다.

사레가 들렸을 수도 있고, 헛바람을 들이켰을 수도 있고, 아니면 단순한 감기일 수도 있다.

그런데 건강염려증 환자는 그 순간부터 돌변한다.

인터넷에서 기침과 관련해서 찾아보고 스스로 자신의 상태를 예단한다.

예를 들면 폐렴이라고 확신하고 병원을 찾아다니는 거다.

그리고 그때부터 미친 듯이 돈을 쓰기 시작한다.

"그런 사람은 사실 내과가 아니라 정신과를 가야죠."

더군다나 이런 사람들은 다른 곳에서 진료받은 자료를 공유하지도 않는다.

왜냐, 전에 진료받은 병원에서는 자신이 원하는 병명을 말해 주지 않았으니 모든 게 다 틀렸다고 생각하기 때문이다.

그래서 그들은 절대로 기존에 갔던 병원의 자료를 제공하거나 이용하지 않는다. 도리어 그걸 감춘다.

그런데 병원에서는 그걸 더 선호한다. 왜냐하면 다시 검사하는 게 돈이 되기 때문이다.

"그리고 가장 적자가 되는 부분을 센터를 만들어서 운영하는 것도 하나의 방법입니다."

"센터라니?"

"현재 건보료에서 가장 문제가 되는 부분이 어디라고 생각하십니까?"

"글쎄."

"MRI입니다."

"MRI?"

"네. 사실상 적자의 가장 큰 비중을 차지한다고 봐야죠."

MRI는 의료 장비 중에서도 최고가에 속한다. 그리고 적자가 나는 가장 큰 원인 중 하나로 지목되고 있다.

"MRI가 진단을 위해 아주 중요한 장비임은 틀림없습니다."

"그렇지."

"하지만 그게 늘 필수는 아니거든요. 그런데 의료보험 내에서는 그에 관련된 비용을 지급하도록 되어 있습니다."

그렇다 보니 수많은 곳에서 MRI를 운영한다. 그리고 여기서 문제가 발생한다.

"MRI가 꼭 모든 곳에 있어야만 하는 장비는 아니라는 거죠."

대학 병원 정도 되면 실제 사용까지 대기 시간이 좀 필요한 장비가 맞다. 아무래도 지나치게 고가이다 보니 그 숫자가 한정되기 때문이다.

그러나 좀 작은 병원은 MRI가 굳이 있을 필요가 없다.

"그래서 MRI를 아무 곳에서나 쓰는 것이 큰 문제가 되고 있죠."

대형 병원은 상당히 늘었다.

그런데 대형 병원이라고 해도 환자가 수백 명씩 들어가는 병원은 드물고, 대부분 커 봐야 백 명 이하의 병원이다.

"그런데 백 명 이하의 병원들도 MRI를 배치해서 사용합니다."

"그런데?"

"거기서 문제가 생깁니다."

고가의 장비가 필요한 건 사실이지만, 산다 해도 풀로 사용할 정도는 아니다. 비싼 장비를 굳이 사 놓고 놀려 두는 꼴이 되는 것이다.

"그러면 해결책이 뭐겠습니까?"

"들어오는 사람들을 무조건 돌리는 거군."

"맞습니다."

그래야 수익이 나기 때문이다.

물론 MRI가 국민들의 건강 증진에 기여한 것을 부정할 수는 없다.

실제로 MRI 덕에 이전에는 몰랐던 질병의 존재를 발견할 수 있었고, 그 덕분에 질병 초기에 치료가 가능해진 경우도 많아졌으니까.

"하지만 그것과 적자는 또 다른 문제죠."

사실 노형진이 말한 세 가지, 외국인으로 인한 적자 그리고 의료 쇼핑으로 인한 적자, 마지막으로 MRI로 인한 적자만 잡을 수 있어도 적자의 대부분은 해소할 수 있을 것이다.

"외국인 적자는 어떻게 잡은 것 같고…… 시스템은 구축할 거고, 의료 쇼핑은…… 흠……."

"제가 말씀드렸죠, 심평원을 때려잡으시라고?"

"어떻게 말인가?"

"의료 쇼핑은 질병 코드로 분류되어 있지 않습니다."

"아!"

의료 쇼핑은 정신병의 일종이지만 그걸 치료하려는 사람도 없고 질병으로 등록되어 있지도 않다. 그렇다 보니 정신과에서 치료받는 사람도 없다.

"방법은 간단하죠. 심평원은 모든 검사 기록을 확인하니까요."

의료 쇼핑에 빠진 경우 결국 심평원에 걸릴 수밖에 없는 구조라는 것.

"그렇군."

"네, 질병 코드를 분류해서 정신과에서 치료받게 하면 됩니다."

물론 당연히 자신은 정신병자가 아니라면서 기겁할 거다.

하지만 애초에 그 정도로 병원을 다니는 사람이라면 의료 쇼핑을 끊을 수가 없을 테니 결국 정신과의 진료 대상이 될 수밖에 없다.

"무슨 소리인지 알겠네. 다만 MRI는 문제가 좀 있군."

"그건 제게 적당한 해결책이 있습니다."

"뭔가?"

"검사를 전문으로 하는 병원을 만드는 겁니다."

"검사를 전문으로 하는 병원?"

"네. 현재 병원에서는 자료를 자체적으로 만들고 있습니다."

얼핏 보기엔 이게 효율적인 것 같지만 보험적인 측면에서는 심각한 타격이 될 수밖에 없다.

"검사 전문 병원을 만들고, 처음에는 그곳에서 싼 가격에 자료를 제공하면 됩니다."

"검사 전문 병원? 의료보험으로 말인가?"

"네."

"그건 불가능한 거 아닌가?"

"왜 불가능하다고 생각하십니까?"

"그거야……."

생각해 보던 송정한은 곧 알아차렸다.

의료보험공단에서 진료하는 건 안 되지만 검사하는 건 불법이 아니라는 걸 말이다.

실제로 의료보험공단에서는 건강검진과 관련해서 시설을 운영하고 있고, 그곳에는 매년 엄청난 숫자의 사람들이 몰려온다.

"그걸 확대하면 되는 일입니다."

"돈이 엄청 들겠군."

"단기적으로는 그렇겠죠."

하지만 장기적으로는 아니다.

장기적으로는 도리어 비용이 줄어들 거다.

"사실 현재 의료보험공단의 검사 시스템은 한계가 명확하죠."

돈을 아낀다는 미명하에 제대로 된 인력을 배치하기는커녕 소수의 직원들이 다수의 사람들을 담당하게 하도록 하고 있다.

그렇다 보니 의료의 질은 바닥에 떨어지고, 그 사실을 알아차린 사람들이 대형 병원으로 가면서 자연스럽게 의료보험의 적자가 커지는 거다.

"시스템이라는 건 복잡한 겁니다. 그리고 대부분의 경우

시스템이 부패하는 가장 큰 상황은 바로 대체재나 경쟁이 없을 때죠."

경쟁이 있다면, 하다못해 비교군이라도 있다면 사람들은 상황이 정상적인지 아닌지 알게 된다.

"흠……."

송정한은 턱을 만지작거렸다.

"하지만 의사들은 별로 좋아하지 않을 텐데."

"걱정하지 마세요. 적당한 미끼만 던져 주면 우리와 싸울 정신도 없게 될 테니까요."

노형진은 자신 있게 말했다.

얼마 후 송정한이 새로운 의료보험 개혁안을 발표했다.

중국에서 오는 사람들로 인한 적자의 해소는 당연하게도 대부분의 사람들의 환호를 받았다.

그리고 의료 쇼핑의 질병 코드를 등록하는 것 역시 사람들은 긍정적으로 생각했다. 주변에서 그런 사람을 한두 명 본 게 아니었으니까.

하지만 세 번째는 상당한 대립이 있었다.

정확하게는, 의사 협회의 극히 일부가 극렬하게 반대하고 나섰다.

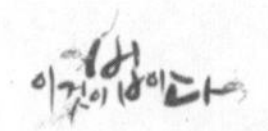

"말도 안 되는 소리!"
"이건 국가 의료 붕괴 시도입니다!"
"송정한 저 새끼가 나라를 망치려는 거예요!"
그건 다름 아닌 의료 수가의 현실화였다.
사실 현실화라고 해서 몽땅 다 늘려 주는 건 아니었다.
정확하게는 사람들이 아주 자주 치료받는 가벼운 질병의 의료 수가는 낮추고 사람들이 정말 부담스러워하는 생명에 관련된 질병의 의료 수가는 높이겠다는 것이었다.
그리고 의사 협회의 절대다수를 차지하는 일반의들은 그 소식에 눈이 돌아갔다.
"그건 말도 안 됩니다!"
"의료의 붕괴를 불러올 겁니다!"
그들은 하나같이 턱도 없는 소리라고 주장했다.
하지만 모든 의사들이 그들에게 동참하는 건 아니었다.
외과나 신경외과 또는 응급의학과같이 사람 목숨을 걸고 싸우는 의사들은 그들과 극한의 대립을 하기 시작했다.
"많이 바뀌는 것도 아니지 않습니까?"
"어차피 일반의들 사이에서 바뀌는 건 별로 없잖아요!"
만일 의료 수가를 아예 인정하지 않는다면 문제가 되었을 거다. 그러나 송정한이 무식하게 그런 방법을 쓸 리가 없다.
송정한이 제시한 방법은 이러했다.
간단한 질병, 즉 감기 또는 다래끼 같은 것을 진료하는 1

차 병원에서 치료할 수 있는 질병의 경우는 대략 한 건당 300원씩 의료 수가를 낮춘다.

그리고 그 대신 환자에게서 300원을 올려 받을 수 있다는 식으로 발표했다.

물론 환자들 입장에서야 무조건 싼 게 좋지만 300원 정도면 큰돈이 아니다. 요즘 300원이면 껌도 못 사 먹으니까.

그러나 의료보험 입장에서는 어떨까?

당연히 절대로 작은 돈이 아니다.

인구를 5천만 명으로 잡고 그들이 1년에 네 번 병원을 간다고 가정하면 무려 600억이라는 돈을 아낄 수 있게 된다.

의료보험이 적자라고 보험료를 수십만 원씩 올리는 것보다 효율적이고, 국민들 입장에서도 부담이 덜하니 반발도 덜할 것이다.

왜냐하면 300원을 올려 봐야 결과적으로 오르는 건 1,200원이니까.

반면 의료보험에서 600억의 예산을 늘리기 위해서는 의료보험 가입자 1인당 의료보험비를 1만 원 이상 상승시킬 수밖에 없다.

왜냐하면 의료보험을 가입한 사람 아래로 가족들이 올망졸망 들어가 있는데, 그들은 보험의 수혜자일 뿐 보험료 지불자는 아니니까.

"솔직히 우리 의료 수가 현실화하기는 해야죠."

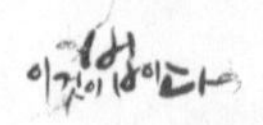

심장 전문의 교수는 납득한다는 듯 고개를 끄덕거렸다.

심장을 수술하려면 진짜 최소 여덟 시간은 매달려야 하고 아차 하면 환자는 사망한다.

더군다나 심장 수술 같은 건 환자의 체력을 초 단위로 깎아 먹는다. 당연히 중간에 쉴 수도 없다.

그런 고생을 하는데 버는 건 피부과나 안과, 치과 의사들보다 적으니 매년 의사가 부족할 수밖에 없는 노릇.

그런 상황에서 의료 수가의 상승은 젊은 의사들을 데려올 수 있는 훌륭한 이유였다.

"그게 아니잖나! 한국의 의료 체계가 붕괴된다고!"

"아니, 고작 300원으로 한국 의료 체계가 붕괴된다는 게 말이 됩니까?"

"어쨌든, 그럴 수는 없네!"

그러나 황당하게도, 반대하기 시작한 의사 협회의 일부는 결코 물러서지 않았다.

"이건 절대로 용납 못 해!"

"왜요? 손해도 없는데."

"도리어 이 정도면 합리적인 거 아닙니까?"

"우리 입장에서는 300원보다는 500원쯤 올리는 게 더 좋지만."

"한 번에 500원은 솔직히 무리지."

대부분의 사람들이 찬성하는 이번 개혁안에 극히 일부 의사들이 반대하는 이유는 지극히 간단했다.

'이대로는 병원이 망한다.'

검사 전문 병원 제도의 신설.

현재는 의사들에게 승인받고 그 병원에 있는 검사실에서 비싼 돈을 들여서 검사한 뒤에 진단받는다.

그런데 이 검사 장비, 즉 CT나 MRI는 엄청나게 고가인 상품이라 당연히 검사비도 엄청나게 비싸게 부른다.

그리고 의사들은 그걸 이용할 수밖에 없다.

정확하게는 돈을 벌기 위해, 필요 없다고 생각되어도 해당 장비들로 검사하도록 유도하는 것이다.

왜냐하면 그 장비들이 워낙 고가라 보통 병원에서도 구입보다는 렌트해서 쓰는 경우가 더 많기 때문이다.

빌려주는 회사는 계속 돈이 들어와서 좋고, 병원은 그걸 핑계 삼아 모든 환자들을 검사해 돈을 벌어서 좋았던 것.

그런데 새로운 개혁 방안은 그런 애매한 중형 병원들에 치명적이었다.

왜냐하면 새로운 병원의 조건은 장비의 렌트가 아니라 구입이니까.

장비를 구입한다면 관리비를 제외하고는 추가적인 돈이 들지 않으니 초반에는 힘들더라도 나중에는 순수익이 제법 될 거다.

그러니 장기적으로는 싼 가격에 검사가 가능해진다.

동시에 검사 결과의 확인 역시 좀 더 확실하게 받을 수 있다.

가령 이제는 자료의 공유가 의무화되었다지만 3차 병원에서 받은 자료를 가지고 2차나 1차 병원으로 가는 사람은 없다.

그렇다 보니 소위 말하는 오진이라는 게 발생한다.

의사도 사람이고, 큰 질병을 치료받아야 할 사람은 넘치는데 비해 의료 수가 문제로 정작 치료해 줄 사람은 적으니 진단이나 판단에 필요한 판단력도 무디어질 수밖에 없으니까.

하지만 검사 전문 병원이 생긴다면 그곳에서 발급받은 자료를 가지고 어느 병원으로든 갈 수 있다. 1차든 2차든 3차든 말이다.

현실적으로 한 사람에게 진단받는 것보다는 두세 명에게 진단받는 게 오진 확률을 낮출 수 있다.

1차와 2차 병원 기준으로는 이미 있는 자료에 기반해 진단만 하는 거라면 검사와 상관없이 싼 가격에 가능한 일이고, 환자 입장에서는 조금 더 돈이 들더라도 여기저기에 가서 진단을 받을 수 있다.

당연하게도 주요 수술을 하던 의사들에게도 추후 생계를 유지할 수 있는 이유가 된다.

그런 검사 전문 병원을 작게 내더라도 누군가는 의사의 오랜 경험을 믿고 그 병원에서 확인하고 싶어 할 테니까.

"사실 우리 쪽으로 애들이 오지 않는 원인 중에는 그 문제도 있지 않습니까?"

누군가 퉁명스럽게 말하자, 신경외과와 심장외과 등 주요 외과 쪽 의사들이 고개를 끄덕거렸다.

"병원에서 갈 데가 없잖아요! 갈 데가!"

피부과나 안과 같은 곳은 힘들지 않다. 그러니 나이 먹고도 언제든 진료를 보면서 계속 활동할 수 있다.

하지만 수술이 필요한 곳은?

당연하게도 어마어마한 체력이 요구된다.

일정 나이가 되면 결국 체력 부족으로 수술에서 손을 떼야 한다.

문제는 병원의 자리는 한정되어 있고 교수든 의사든 수술은 필수 능력이라는 거다.

즉, 그런 수술을 할 수 없게 될 만큼 나이를 먹은 후에는 좋든 싫든 나가야 한다.

그런데 한때 교수님 소리를 듣던 사람이 나이를 먹었다고 갑자기 병원을 나가 피부과나 내과를 개원할 수는 없다.

설사 연다고 해도 이미 자리 잡은 사람들과 경쟁이 안 된다.

하지만 그런 임상경험이 풍부한 사람이 검사 전문 병원을 열면 어떻게 될까?

당연히 이미 검사한 사람들도 혹시 몰라서 다시 한번 확인할 거다.

의료 수가가 그다지 많이 드는 건 아니지만 대신에 풍부한 경험을 바탕으로 오진을 줄일 수 있다.

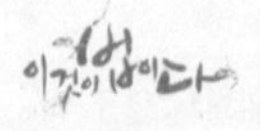

"절대 안 돼!"

환자도 의사도, 모두가 이득을 보는 구조의 방식.

하지만 단 한 곳만은 손해를 본다.

바로 고가의 의료 장비를 두고 환자들이 들어오는 대로 무한 뺑뺑이를 돌리던 곳들.

환자를 환자가 아니라 일종의 현금인출기로 보던 곳들.

그런 곳에서는 이 방식이 필연적으로 손해로 연결될 수밖에 없다.

기존의 비싼 병원에서 사진을 찍느니 외부의 검사 전문 병원에서 찍고 진단받으면 그만이니까.

"절대 용납 못 해!"

그러나 그들의 발악은 공허했다. 왜냐하면 그들은 의사 협회에서도 극히 일부에 지나지 않았으니까.

그들은 자본을 이용해서 의료 수가를 빨아먹었지만 더 많은 자본에 굴복할 처지였다.

"받아들일 수 없다면 어쩌실 건데요?"

누군가 잔인하게 물었다.

"당연히 파업해야지!"

"우리가 뭉쳐서 의료 파업을 해야 정부가 정신을 차린다고!"

그들은 다급했다.

하지만 그 순간 모두의 심정을 대변하는 말이 누군가의 입에서 나직하게 흘러나왔다.

"지랄하고 자빠졌네."

"뭐? 누구야! 누가 그딴 소리를 해!"

그들은 그 말을 한 사람을 찾기 위해 야단을 떨었다. 하지만 그 사람은 끝끝내 모습을 드러내지 않았다.

"파업을 하시든 말든. 마음대로 하세요."

그리고 그 모습을 지켜보던 의사들은 하나둘 일어나기 시작했다.

노형진이 아는데 과연 의사들이 모를까?

그런 곳에서 의료 수가를 쪽쪽 빨아먹는 바람에 자신들의 분야의 의료 수가를 올려 줄 예산이 나오지 않는다는 걸?

당연히 안다.

하지만 같은 의사니까 얼굴 붉히기 싫어서 조용히 참고 있었을 뿐이다.

하지만 이제 의료 수가 수정은 확정이었다.

이 계획대로라면 1차 진료 기관이 활성화되며, 3차 진료 기관으로 분류되는 초대형 병원의 부담은 줄어든다.

손해 보는 건 오로지 검사를 위해 환자들을 뺑뺑이 돌리던 병원들뿐.

"알아서 파업하세요. 저희는 안 하니까."

젊은 의사들이 일어나자 분위기는 한순간에 쏠렸다.

"말할 가치도 없군."

대학 병원에서 심장 수술을 하던 의사도 불편한 얼굴로 일어났다.

"최소한 의사로서 양심은 있는 줄 알았건만. 쯧쯧."

그렇게 하나둘 공개 회의실에서 나가는 사람들.

그러자 회의실에는 그간 렌트한 검사 장비를 돌려서 환자들에게서 돈을 뜯어내던 인간들만이 남았다.

그리고 그제야 그들은 깨달을 수 있었다, 이 현실에 저항할 방법이 자신들에게는 없다는 것을.

⚖

"반발이 생각보다 적더군. 보통 개혁이라고 하면 눈을 뒤집고 반대하는데."

"서로에게 좋으니까요."

의사들이 이권 단체가 되어 정치적 권력을 행사하려고 한 건 사실이다. 하지만 그것과 별개로 그들이 국민의 건강을 위해 노력하는 것도 부정할 수는 없다.

"다만 2차 병원들이 좀 문제더군."

"아, 기존에 장비를 돌리던 곳들요?"

"그래."

"멍청한 거죠."

"멍청하다니?"

"자기들이 검사 전문 병원을 신청하면 되는 거 아닙니까?"

노형진은 코웃음을 치며 말했다.

"그게 무슨 말인가?"

"CT든 MRI든 검사는 그렇게 빨리 끝나는 게 아닙니다."

대학 병원에서는 철저하게 의사의 진단을 받아서 검사하는데도 대기에만 일주일씩 걸린다. 왜 그럴까?

"해 보셔서 알겠지만 보통 검사에 20분은 잡아야 합니다."

한 명당 20분씩 스물네 시간 내내 돌려 봐야 하루에 검사 가능한 숫자는 일흔두 명.

하지만 이것도 최대한 빠르게 검사했을 때의 이야기다. 소독과 기타 준비까지 생각하면 30분은 잡아야 하는 경우도 있다.

"그런데 밤에는 쉬어야죠."

야간에 여덟 시간을 쉰다고 하면 하루에 검사할 수 있는 숫자는 마흔여덟 명.

그걸 가지고 입원 환자, 외래 환자까지 받아야 하니 당연히 대학 병원은 미어터질 수밖에 없다.

"검사 자체는 문제가 안 됩니다. 문제가 되는 건 비싼 장비를 렌트해서 뽕을 뽑으려고 미친 듯이 환자를 돌리는 거죠."

"그렇지."

"하지만 생각해 보세요. 검사 전문 병원으로 신청한 다음에 진단 경력이 있는 암 전문의 같은 의사들을 영입한다면?"

영입한다 해도 당연히 나이 먹은 사람이겠지만 체력 부족으로 수술을 못할 뿐이지 진단을 못하는 건 아니다.

"의심되면 대형 병원으로 간다?"

"그렇습니다. 애초에 현재 대한민국 의료 시스템은 그걸 감안해서 구성된 겁니다."

1차 병원에서 의심되면 2차 병원으로, 2차 병원에서 치료가 불가능하면 3차 병원으로.

"그런데 어느 순간 무너졌죠. 단순 감기에만 걸려도 죄다 대학 병원으로 가려고 하죠."

"하긴…… 1차 병원에서의 진단 실력이…… 부족하군."

"네, 그러니까 의료 수가 문제도 터지는 거고요."

그런데 1차 병원만 욕할 게 아니다.

1차 병원에서는 쓸 수 있는 게 결과적으로 잘해 봐야 엑스레이 정도니까 얻을 수 있는 정보에 한계가 있다.

"구조적으로 1차, 2차, 3차의 과정을 재설계한다는 거군."

"그래야죠."

최적의 방법은 1차에서 의심 소견을 발견하면 2차에서 확진하고 3차에서 치료한 후에 다시 2차로 돌아가 장기 입원하는 거다.

1차에는 입원 시스템이 존재하지 않고 2차에는 수술에 필요한 최고가 장비가 없어서 치료가 불가능하지만, 3차에는 그런 장비가 구비되어 있어도 그보다 더 많은 사람이 몰리기에 최소한의 시간만 입원시키고 때가 되면 칼같이 내보낸다.

그리고 그중 추가로 입원이 필요한 환자들은 병동이 갖춰진 2차 병원으로 돌아가 마저 입원해 병원의 관리를 받는다.

"이상적이긴 한데."

그리고 그 과정이 되면 필요 이상의 진단이나 치료가 자동으로 걸러져서 의료보험 적자도 사라질 거다.

"쉬운 건 아니군."

"그래도 이제는 시작했잖습니까?"

"시작이 반이라 이건가?"

"시작이 반이죠. 애초에 개혁이 쉬울 리도 없고요."

노형진의 말에 송정한은 쓰게 웃었다.

"그래, 시작이 반이지. 그래도 반이라도 온 게 다행이군."

"쉽지는 않을 겁니다. 특히 의료 민영화를 주장하는 쪽은 극렬 반대하겠죠."

"이미 난리 났네. 내가 대한민국 의료를 박살 낸다고 하더군."

그 말에 노형진은 코웃음을 쳤다.

의료를 박살 내고 싶어 하는 것은 오히려 그쪽이다.

왜냐, 국가 의료 시스템이 붕괴되어야 사람들이 살기 위해 수천만 원, 수억 원을 내놓을 테니까.

"신경 끄세요. 어차피 그런 놈들이 한국에 빌붙게 할 생각 없습니다."

최악의 경우 그들이 자리 잡기 전에 노형진이 다 먹어 버릴 생각이었다.

미국의 의료 민영화 경험을 바탕으로 싸고 빠르게 자리 잡아 버리면 그들은 절대로 노형진을 이기지 못한다.

그들은 경험이 없으니 시행착오를 거쳐야 할 텐데, 그러면 비용 상승으로 이어져 비싼 병원에는 아무도 가지 않을 테니까.

"자네가 있어서 다행이야."

"별말씀을."

"아, 그러고 보니 그 학교 문제는 어떻게 되어 가나?"

"그건 또 어떻게 아신 겁니까?"

"신문에 대문짝만 하게 나던데? 모를 수가 있나."

"거의 끝나 갑니다."

"거의?"

"네, 그리고 그 후에 아마 또 전국을 뒤집어야 할 것 같습니다."

노형진은 어색하게 웃었다.

"이게 일중독이라 어쩔 수가 없더라고요, 하하하."

송정한은 그 말을 부정하지 못하고 쓰게 웃을 뿐이었다.

악다구니의 시대

결혼 후로 노현아는 집에서 아이들의 케어에 집중했다.

남편이 판사이고 집안도 잘살기에 굳이 맞벌이를 할 이유가 없었던 데다가, 잠깐 맞벌이를 하러 나갔더니 남편이 판사라는 걸 알고 주변에서 은근히 이상한 청탁을 하거나 심지어 돈을 싸 들고 찾아오는 경우도 있어서 어쩔 수 없이 칩거 아닌 칩거를 하고 있었던 것.

그래도 나름 사회활동은 하고 있었다.

그녀는 여느 엄마들처럼 아이들의 문제에 대해 많이 고민하고 노력하는 평범한 엄마였다.

그런데 최근 그런 그녀의 삶이 송두리째 뒤흔들리는 사건이 발생했다.

담임선생님의 자살.

도무지 믿기지 않는 그 사건은 그녀에게 크나큰 충격을 주었으며, 그녀를 아이가 다니는 학교로 이끌었다.

그리고 노현아는 학교에서 열린 학부모회 회의에서 분노를 금치 못할 상황을 목도해야 했다.

"지가 켕기는 거 있어서 자살한 거 아니에요?"

그 말에 노현아는 자신의 귀를 의심했다.

"지금 뭐라고 하셨어요?"

"그렇잖아요. 자기가 켕기는 게 있으니까 자살을 했겠지, 이유도 없이 자살할 리가 없잖아요?"

"지금 선생님이 돌아가셨는데 그걸 말이라고 해요?"

그녀의 아이가 다니는 학교의 선생님 한 분이 돌아가셨다.

그리고 그로 인해 학교가 발칵 뒤집어졌다.

아니, 그래야 하는데…….

"그, 호연이 어머니. 선생님이 죽은 건 안타깝지만 그리 설레발칠 문제는 아니지 않아요?"

박호연은 그녀의 셋째 딸로, 이제야 초등학교에 다니고 있다. 노형진이 참으로 애국자스러운 집안이라고 킥킥거릴 정도로 노현아는 남편인 박광석과 사이가 좋았다.

그런데 얼마 전 호연이의 담임선생님이 자살했다.

그리고 그 이유를 알게 된 노현아는 치미는 분노를 참을 수가 없어졌다.

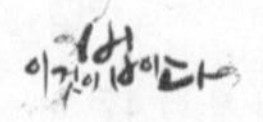

"설레발요? 도대체 왜 선생님이 자살했는지 정말 몰라서 그래요? 애가 얼마나 충격을 받았는지는 아세요?"

"그러니까요. 진짜 얼마나 책임감이 없으면 자살을 해?"

"교장 선생님이 이거 책임져야 하는 거 아닙니까? 그런 사람을 선생으로 고용한 건 교장 선생님이시잖아요!"

"그……게……. 죄송합니다, 어머님들."

결국 사과하는 교장 선생님을 보면서 노현아는 그녀답지 않게 소리를 버럭 질렀다.

"아니, 당신들이 괴롭혀서 자살한 거잖아요!"

"당신들이라니, 품격 없이 무슨 말을 그렇게 해요?"

"대성동 사람답게 품격 있는 말을 쓰자고요."

"동네 문제가 아니잖아요!"

선생님의 자살.

그 이유는 너무나 명확했다.

그건 선생님의 문제도, 아이들의 문제도 아니었다.

부모가 문제였다.

몇몇 학부모들의 집요한 괴롭힘에 못 이겨 선생님이 자살한 것이었다.

"선생이라는 인간이 자살한 게 우리 잘못은 아니죠."

"그런 말씀 하시면 안 되죠, 사람이라면! 지금까지 선생님한테 무슨 짓을 했는지는 여러분이 가장 잘 아실 텐데요?"

오밤중에 전화해서 괴롭히고, 숙제를 내줬다고 아동 학대로 고소하고, 아침에 아이들 앞에서 커피 마신 게 교육에 좋지 않다고 지적하고, 심지어 스트레스를 풀려고 저녁에 친구들과 술을 마신 게 부도덕한 짓이라면서 교육청에 민원을 넣었다.

그렇게 부모라는 인간들은 선생님 하나를 죽이겠다고 악착같이 달려들었고, 결국 선생님은 견디다 못해 자살했다.

노현아가 이처럼 사정을 자세히 아는 이유는 선생님이 다름 아닌 노현아의 학교 후배이기 때문이다.

자살 당시, 그녀는 결혼한 지 두 달도 안 된 신혼이었다.

그런데 그렇게 괴롭혔다.

심지어 결혼한다는 소식에 아이들 가르치는 데 집중할 수 있게 아이는 낳지 말라거나 아예 이혼하고 아이들한테 집중하라고 지랄 발광한 학부모도 있었다는 사실도, 노현아는 다 들어서 알고 있었다.

"이건 우리 잘못이 아니라니까요."

"요즘 선생님들은 근성이 없어요, 근성이."

"그런 인간들이 선생질을 하니까 자꾸 질이 떨어지는 거예요."

"차라리 잘된 겁니다. 질 떨어지는 선생이 죽었으니 그 자리에 질 좋은 선생 하나 배치하죠, 교장 선생님, 가능하죠?"

"그……게……."

"싫어요? 지금 싫다는 표정인데?"

"아닙니다, 하하하……."

학부모들의 말에 움찔하는 교장.

그리고 그 모습을 본 노현아는 결국 터지고야 말았다.

"당신들이 사람이에요?"

이 중 단 한 명도 조문을 가지도 않았고, 단 한 명도 피해자에게 미안하다는 소리를 하지 않았다.

충격을 받고 매일같이 우는 아이들에게 울지 말라고 다그치면서 도리어 질 낮은 인간이 죽어서 만세라고 손을 쳐드는 학부모가, 노현아의 눈에는 인간으로도 보이지 않았다.

"아니, 어떻게 사람들이 그럴 수 있어요?"

노현아가 강하게 몰아붙이자 학부모들은 상당히 불편한 얼굴이 되었다. 그러더니 누군가 목소리를 높였다.

"그렇잖아도 전부터 말하려고 했는데, 노현아 씨, 여기 대성동 출신 아니죠?"

"그래서요?"

"친정이 저기 어디 시골집이라고 들었는데."

당연하다. 노형진과 노현아의 아버지는 은퇴하고 낙향했으니까.

"거참, 말이 안 통해요. 솔직히 대성동 출신도 아닌데 학교 학부모회에 끼어 있는 거, 급이 안 맞는다고 생각하는데."

학부모회장이 눈을 찡그리며 말했고 그에 동조하듯 몇몇 추종자들이 일제히 물어뜯기 시작했다.

"그건 그래요. 대성동 출신도 아니고 고작 지방 출신이 시집 한번 잘 왔다고 여기서 이러는 건 좀."

"급이 안 맞잖아요."

"예의도 없고."

아주 당당하게 사람을 앞에 두고 씹어 대는 그들을 보면서 노현아는 기가 막혔다.

"남편이 판사인 건 알지만 그래도 기본적으로 당연한 예의라는 게 있잖아요."

"다른 사람들은 뭐, 힘쓸 줄 아는 남편이 없는 줄 알아요?"

"품격이 없어요, 품격이."

이야기를 듣던 노현아는 기가 막혔다.

"제 출신 이야기하자고 모인 거예요, 지금?"

"그게 중요한 것 같은데요? 아이들 미래를 위해 모인 자리인데 그런 걸 생각도 못 하는 사람이 끼어 있으면 곤란하죠."

그 말에 노현아는 어이가 없다는 듯 모두를 돌아보다가 교장에게로 시선을 돌렸다.

그러나 교장은 그런 노현아의 시선을 스윽 피했다.

"일단 회의 전에 결정하고 가죠. 박호연이 어머니를 어머니회에서 퇴출시키는 데 동의하시면 거수하세요."

그렇게 말하며 가장 먼저 손을 드는 학부모회 회장.

그러자 그에 따라 사람들은 너도나도 손을 들었다.

"아무래도 만장일치 같은데."

그리고 학부모회 회장은 비웃음 가득한 얼굴로 노현아를

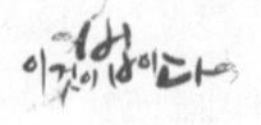

바라보면서 말했다.

"이제 나가 주시죠, 호연이 어머니."

"미친! 아니, 지금 이런 식으로 한다고요?"

"그러니까 품위를 지키셨어야죠."

그 말에 노현아는 화가 나 그대로 의자를 박차고 나왔다.

이딴 곳에는 일분일초도 더 있고 싶지 않았다.

문을 나서는 노현아의 뒤로 회장과 다른 학부모들의 대화가 들려왔다.

"진짜 수준 안 맞아서. 외부에서 온 잡종 때문에 동네 분위기가 망가졌다니까요."

"그러니까요. 하여간 다른 동네 출신들은 무식이 넘쳐요, 진짜."

그리고 닫히는 문 밖에서 노현아는 이를 박박 갈았다.

노현아는 처음에는 그 꼴을 당하고도 참으려고 했다. 어차피 정신 나간 연놈들과 엮이고 싶지 않았으니까.

그러나 한 선생님으로부터 급하게 연락을 받고는 마음을 고쳐먹었다.

노현아가 선생님들과 좋은 관계를 유지하고 있기에, 상황이 안 좋다는 걸 알아차린 그 선생님이 곧바로 노현아에게 연락한 것.

그리고 그건 노현아뿐만이 아니라 노형진도 화나게 만들었다.

“호연이를 왕따 시킨다고?”

“그런가 봐.”

“허, 이 미친 새끼들 보게?”

노형진은 이야기를 듣고는 어이가 없었다.

학교에서 은근히 호연이를 왕따 시킨다.

정확하게는, 부모들이 아이들에게 학교에서 호연이랑 놀지 말라고 지랄을 했다는 것.

“내가 진짜 어지간해서는 참으려고 했거든. 그런데 이건 그냥 죽으라는 거지?”

“아니지. 죽여 달라는 거지.”

노형진은 냉정한 사람이지만, 가족을 건드리는 놈을 놔둘 정도는 아니다.

하물며 이야기를 들어 보면 누나가 잘못한 것도 아니다.

도리어 잘못한 건 그 학부모라는 인간들이다.

사람을 괴롭혀서 자살하게 만든 것으로 모자라서 누나의 아이까지 괴롭히다니.

심지어 직접 괴롭히지 않고 친자식에게 시켰다. 그건 인간으로서 해서는 안 될 짓이었다.

“매형은 뭐래?”

"당장 가서 때려죽인다는 걸 내가 간신히 말렸어. 알잖아."
"그렇지. 매형이라면 그러고도 남지."
매형인 박광석은 노형진을 만날 당시에 학교 폭력의 희생자였다. 그랬기에 학교 폭력이라면 극도로 분노하고 또 극도로 화를 내는 성향이 있다.
지금은 판사가 되어서 법원에서 일하고 있지만 그런 성향은 여전해서, 재판부에서는 박광석을 소년부로 보낼 생각도 못 한다.
왜냐하면 적당히 풀어 주는 다른 판사들과 다르게 박광석은 미성년자 범죄에 대해 가혹할 정도로 최고 형량을 선고하기 때문이다.
그런데 자기 딸을 왕따를 시킨다?
성격상 끝장을 보려고 달려들 거다.
"그런데 애아빠가 나서서 싸우면……. 알잖아."
"알지."
대성동은 엄청나게 잘사는 동네 중 하나다.
판사라는 직함이 먹혀 주긴 해도 본격적으로 싸운다면 아주 큰 힘을 발휘할 정도는 아니다.
"그래서 내가 말렸어, 차라리 너한테 정식으로 수임한다고."
"잘했어. 아무래도 판사가 끼어들면 상황이 웃기지."
"애들 싸움이 어른 싸움 되는 것도 웃기고."
"이 경우는 반대지."

이 경우는 어른 싸움에 아이가 무기로 이용당하는 상황이다.

그리고 상식적으로 그런 일이 벌어지는 환경에서 아이들의 인성이 제대로 자랄 리가 없다.

'악순환이다, 악순환이야.'

인성이 박살 난 부모들이 자식을 무기로 삼으면, 아이들도 인성이 박살 난 채 성인이 되어 그 부모들처럼 병신 짓을 한다.

이 끝없는 악순환에 노형진은 한숨이 나왔다.

물론 그렇다고 해서 악순환을 끊겠다고 복수를 포기할 수는 없다.

그쪽 애들 인성 박살 나는 것은 그쪽 사정일 뿐, 이쪽이 먼저 맞았는데 왜 용서를 한단 말인가?

"잘했어. 내가 족쳐 버려야겠네."

"그런데 이거 어떻게 해결 가능해? 학교 폭력도 아니고."

"그런 거 잘하는 게 내 주특기잖아."

"그렇기는 한데……."

문제는 이 일이 범죄의 영역에 들어갈 가능성이 높지 않다는 것이다.

"일단은 정보를 좀 모아 보면 뭐라도 나올 거야."

"어디서? 나는 이쪽으로 이사한 지 얼마 안 돼서 잘 몰라."

본래 노현아는 대성동 주민이 아니었다. 박광석의 보직 변경에 따라 자리 잡은 곳이 대성동일 뿐이었다.

그래서 원래부터 주민이던 사람들이 그녀를 그렇게 무시

하는 거고.

"마침 대성동에 살던 사람이 있거든."

"그래?"

"그래. 그리고 잘 알 거야. 아이들도 대성동에서 학교에 다녔으니까."

경험자만큼 도움이 되는 사람이 어디 있을까?

"일단 물어보고 방법을 찾아봐야지."

⚖

"대성동요?"

"네. 옛날에 거기서 사셨죠?"

"그랬죠. 살다가 나왔지만."

"그때 나온 이유가 애들 교육 때문이라고 하셨죠?"

그 말에 무태식 변호사는 고개를 끄덕거렸다.

"네. 답이 없어서요."

"답이 없다뇨?"

"거기 인간들 말입니다. 열등감에 절어서 아무것도 못 하는 병신들입니다."

노골적으로 말하는 무태식.

그 말에 의아해진 노형진은 되물었다.

"그게 무슨 말씀이십니까?"

"거기 사는 사람들의 인생 최대 업적이 뭔지 아십니까?"

"저야 모르죠. 한두 명도 아니고."

"대성동에서 사는 겁니다."

"네?"

"대성동에서 사는 게 업적이라고요. 어이가 없어서 말이 안 나와요. 논연동에서 사는 거라면 내가 이해라도 해요. 그런데 대성동이 무슨 업적이라고."

무태식은 고개를 절레절레 흔들더니 그때가 생각나 답답해졌는지 냉장고에서 콜라 하나를 꺼내어 마시고는 한숨을 내쉬었다.

"거기가 자식들 공부시키기 위해 부모들이 몰려드는 곳이라는 건 아시죠?"

"알죠."

"개천에서 용 났다. 그거까지는 좋아요. 그리고 그 개천에서 난 용들이 자신의 부와 명예를 자식에게 물려주고 싶을 때 1순위로 생각하는 게 대성동이죠."

소위 말하는 학군이라는 게 있다.

과거에 비하면 유명무실해지긴 했으나 여전히 학군은 강력한 힘을 가지고 있고, 공부 잘하는 지역이 전반적으로 학업 수준이 높은 것은 부정할 수가 없다.

한국에서, 그것도 서울에서 가장 학군이 좋은 곳은 논연동과 대성동.

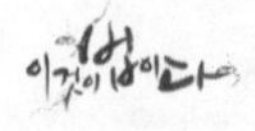

그러나 실제로 논연동과 대성동은 차이가 있다.

논연동은 집안 자체가 대대로 부자이거나 진짜 상위 0.0001%의 성공한 사람들이 사는 구역이다.

그에 반해 대성동은 0.1% 정도 성공한 사람들이 사는, 속칭 '개천용'들이 모여드는 구역이다.

"그것까지는 좋다 이겁니다."

그런데 어느 순간 대성동에서 사는 것이 하나의 권력이 되었다.

대성동에는 학원도 많고 공부와 관련된 정보가 넘쳐 난다.

그런데 어느 순간 그걸 자신들의 권력으로 인식하고 대성동 외부에서 사는 사람은 사람으로 보지도 않기 시작했다는 것.

"심각하네요."

"네, 심각하죠. 저희가 아이들 교육 때문에 거기서 이사 나왔다고 말씀드렸지만, 그게 사실 국영수 때문이 아닙니다."

그곳에 있다 보니 인성이 파탄 나기 직전인 애들이 너무 많이 보여서 답이 없다고 생각했다는 것.

"그 정도입니까?"

"네. 그나마 조카분이 초등학교 저학년이면 좀 덜할 거예요. 중학생만 돼도 애들이 반쯤 미칩니다."

학교에 있는 시간보다 학원에 있는 시간이 더 길어지는 기형적인 구조로 인해 아이들은 극단적으로 스트레스를 받는다.

그런데 대성동에서 스트레스를 푸는 행위는 극단적으로

'사악한' 행위다.

"사악요?"

"네, 사악요."

"농담이시죠?"

"아닙니다. 대성동에는 그래서 그 흔한 PC방도 별로 없습니다."

"네? 어째서요?"

물론 한국에서 PC방이 사양산업이기는 하지만 그렇다고 해도 서울 한복판, 그것도 사람 많고 학생 많기로 소문난 대성동에 없다는 건 말도 안 된다.

"왜겠습니까? 자칭 학부모들이 하도 깽판을 치니까 그렇죠."

"깽판요?"

"그 사람들 눈에는 스트레스를 푸는 모든 행위가 다 죄악이에요."

만화 보는 거? 죄악.

PC방에서 게임 하는 거? 죄악.

친구들과 노는 거? 죄악.

핸드폰 게임? 당연히 죄악.

"오로지 공부 말고는 다른 아무것도 해서는 안 됩니다."

실제로 대성동에 PC방이 없었던 게 아니다. 그런데 왜 대부분 사라졌냐? 바로 부모의 등쌀 때문이었다.

"실제로 어떤 부모가 자식이 PC방에 간 걸 알고는 해당

PC방을 찾아가서 박살을 내 놨죠."

"아니, 자식이 찾아간 걸로 왜 지랄을 한답니까?"

PC방은 엄연히 정부에서 허가받고 영업하는 멀쩡한 가게다. 그런데 왜 그런 곳에 찾아가 지랄을 한단 말인가?

그런데 들어 보니 그 정도가 아니었다.

"아니에요. 지랄이 아니라 '박살'이라니까요."

골프채를 들고 가서 PC방에 있는 모니터를 모조리 박살 냈다는 것.

"뭐라고요?"

"더 웃긴 건, 그러고도 처벌받은 건 PC방이라는 거죠."

자식이 PC방에 갔다는 이유로 쫓아와서 모니터 수십 개를 박살 냈으니 주인이 당연히 그 사람을 고소했는데, 피고의 남편이 하필이면 검사였다.

그리고 검사는 자기 아내를 고소했다는 이유로 온갖 말도 안 되는 수사를 해서 결국 가게를 망하게 했다.

"그 PC방 주인에게는 징역 5개월 정도의 실형이 나온 걸로 알고 있습니다. 식품법 위반이라나 뭐라나."

"보통 그런 경우에는 징역까지는 안 나올 텐데요?"

설사 나온다고 해도 보통은 실형으로 끝내는 게 아니라 집행유예로 퉁친다.

"밉보인 거죠."

감히 검사의 와이프를 고소했다는 괘씸죄로 박살을 낸 것.

"대성동은 그런 분위기입니다."

"무슨 소리인지 알겠네요."

아이들이 스트레스를 푸는 행위 자체가 죄악시되고 범죄화된 지역.

그런 지역에서 아이들의 인성이 과연 제대로 자라날까?

당장 군대만 봐도 그렇다.

어떤 미친놈들은 후임에게 욕설하고 폭행하고 똥을 먹이는 행위가 군기를 잡는 거라고 주장하지만, 그건 범죄일 뿐이다. 그런데 왜 그런 일이 벌어졌을까?

바로 스트레스 때문이다.

병사도 사람이기에 스트레스가 쌓이면 해소해야 한다.

2차대전 당시에 미군도 전방에서 일정 기간 싸우면 후방으로 빼서 스트레스를 해소할 기간을 줬다.

그런데 한국은 병사를 사람이나 인격체가 아닌 도구 또는 소모품으로 봐서 스트레스를 해소하는 것을 죄악시했고, 그 결과로 초래된 범죄행위를 군대라면 당연히 있어야 하는 군기를 잡기 위한 것이라고 포장했었다.

"딱 그 느낌입니다."

"무슨 말인지 알겠네요."

아이들이 다른 아이들에게 스트레스를 풀며 학교 폭력이 공공연하게 벌어진다.

당연히 처벌이 이루어져야 하지만, 애초에 가해자들의 부

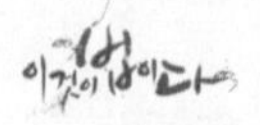

모가 권력을 쥐고 있거나 돈이 많으니 가능할 리가 없다.

그래서 권력을 가진 집안 아이들은 권력자로서 군림하고 권력이 없는 집안의 아이들은 노예로 길들여진다.

"그래서 우리 아이들 인성도 망가질까 봐 그냥 나왔습니다."

무태식은 권력을 가진 집안에 속하기는 하지만 아이들에게 사람을 노예로 인식하는 버릇이 들까 두려워서 전학을 결정한 것.

"이해가 갑니다."

차라리 논연동이라면 의외로 그 지랄까지는 안 한다.

왜냐하면 대성동이 소위 말하는 개룡인, 즉 개천에서 용된 사람들이 사는 동네라면 논연동은 부자들만 사는 동네이기 때문이다.

그렇게 치열하게 경쟁할 이유도 없을뿐더러, 그렇게 극단적으로 싸웠다가는 아이들 싸움이 어른 싸움을 넘어서 기업 간 전쟁이 될 수도 있는 동네.

더군다나 그 지역에 있는 부모들은 단순히 공부하라고 말만 하는 게 아니라 공부를 위한 전문 코치까지 고용한다.

당연히 전문 코치가 현재 실력에 따른 학습 능력과 스트레스 강도까지 관리하니 싸움이 날 이유가 없다.

대화하던 무태식이 안타까운 표정으로 노형진을 쳐다봤다.

"누님도 차라리 논연동으로 가는 편이 나으셨을 텐데요."

"그럴까 했죠. 그렇지만 논연동은 매형의 근무처에서 거리도 멀고, 너무 미친 듯이 비싼 동네라서요."

"하긴, 그렇겠네요."

아무리 판사라지만 판사의 월급으로 감당할 수 없는 동네에 살면 나중에 문제가 될 수 있기에 논연동이 아니라 대성동으로 이사한 것이다.

"골치 아프겠네요."

나중에 대성동 밖으로 이사하는 거야 어렵지 않다. 하지만 그때 법원 근무지를 바꿔야 한다는 게 문제다.

물론 그곳에 박광석만 남고 노현아와 아이들은 우선 거주지를 옮기는 것도 가능하지만, 그런 사람들에게 당하고 도망치듯 이사하는 건 노형진의 자존심이 허락하지 않았다.

"그런데 부모들이 왜 그딴 짓을 하는지 모르겠네요."

"아 그게, 오해는 하지 마세요. 그 동네의 모든 부모가 그러는 건 아니니까."

"다 그러는 건 아니라고요?"

"네, 그걸 권력으로 의식하는 일부가 저지르는 겁니다."

문제는 그놈들 대부분이 권력자인 것은 사실인지라 학교에서도 손대지 못한다는 것.

"특히 그런 놈들은 뭐랄까, 외부에서 들어온 사람들은 사람이 아니라고 생각합니다."

"사람이 아니다?"

"좀 확대해석이라고 생각할 수도 있는데, 그렇다고 그런 기미가 아예 없는 건 아니라서요."

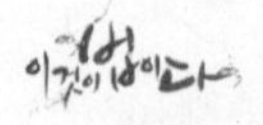

대성동 출신이 아니거나 대성동에 나중에 들어온 인간들은 사람이 아니다.

서열로 치면 2급, 아니 3급쯤 되니 굳이 사람으로 대해 줄 이유가 없다, 그렇게 생각한다는 거다.

"뭐? 고기 나눕니까? 2급? 3급?"

"그게 그 사람들 입장입니다. 자기들은 1급이라는 거죠."

"지랄 났네요."

노형진이 보기에 그들은 1급은커녕 12급도 안 되는 폐기물들이다.

애초에 친자식을 무기로 삼아 휘두르는 것부터가 짐승 그 이하다. 짐승도 제 자식을 무기로 삼아 휘두르지는 않으니까.

"하여간 누님이 근무 때문에 거기로 이사하신 거라면 그들에게는 외부인이라는 거죠."

그리고 급이 맞지 않는 노현아가 자기들이랑 어울리는 게 기분 나빴을 거라는 거다.

"어이가 없네요."

"네, 어이가 없죠. 남편이 판사인데도 그 지경인데 선생님들은 어떻겠습니까?"

현지 주민도 아니고 사는 곳도 밖인데 일만 대성동에서 한다?

"문제가 되는 일부 대성동 주민들에게 학교 선생님이란 노예입니다."

"노예요?"

"네, 학교 선생님뿐만이 아니라, 다 노예죠."

편의점 근무자, 카페 근무자, 식당 노동자 등등 대성동으로 출퇴근하는 대부분의 종업원들은 그들에게 노예일 뿐이다.

시키면 시키는 대로 해야 하는 노예.

그리고 자기 말대로 하지 않으면 언제든 처분할 수 있는 그런 노예 말이다.

"반성을 안 한다고 하셨죠? 그 사람들 입장에서는 반성할 이유가 없기 때문입니다."

사람이 아닌 노예가 죽었을 뿐이다.

자신들은 대성동의 주민이니 언제든 더 좋은 노예를 공급받을 수 있다. 그런데 왜, 뭘 반성한단 말인가?

"생각보다 심각하군요."

"심각하죠."

물론 무태식의 말대로 모든 대성동 주민들이 다 그런 건 아니다.

하지만 불과 20%밖에 안 되는 이들이 권력을 잡고 지랄발광을 하면 그들의 생각이 전부가 되어 버리는 게 사회다.

"일단 제가 확실하게 할 수 있는 건 그 학교에 있는 놈들을 조지는 거군요."

"쉽지는 않을 겁니다, 대성 초등학교면 명문 초등학교라."

"명문 초등학교라고요?"

"네."

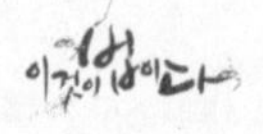

변호사부터 판사, 검사, 사업 좀 한다 하는 집안의 아이들까지 엄청난 부자들이 살고 있는 동네라 그 사람들과 전쟁을 시작하면 복잡할 거라는 것.

"물론 노 변호사님이 지지는 않으시겠죠. 하지만 엄청 피곤하실 겁니다. 권력 단체는 아니지만 일종의 권력 단체처럼 굴러가거든요."

노형진은 그 말에 기가 막혔다.

"답이 없는 수준이군요."

"대성동 분위기가 전반적으로 그렇습니다. 그 지역 사람이 아니면 인생 패배자라고 할 정도니까요. 심지어 자기 자식한테까지 그런 소리를 하는 인간도 있으니까요."

"네? 자식한테요?"

"네, 제 친구가 그렇게 당했습니다. 국방과학연구소에 들어가게 돼서 대성동에서 이사 나갈 때, 걔 부모님이 울고불고 대성통곡하고 난리도 아니었습니다."

"네? 어째서요?"

"대성동에서 나간다는 것 자체가 인생을 조진 거라고 생각하셔서요."

노형진은 어이가 없어졌다.

국방과학연구소에서 일할 정도면 한국에서 알아주는 석학이라는 소리다.

그런데 인생을 조졌다고? 말이 안 된다.

"이해가 되지 않는군요. 더군다나 국방과학연구소는 지방에 있는데요."

"그렇죠."

"뭐, 그러면 국방과학연구소 말고 동네 편의점에라도 취업하라는 겁니까?"

"그건 아니겠죠. 아마 대성동 근처의 연구소나 대기업에 취업하기를 바랐을 겁니다."

"어이가 없군요."

대성동은 서울 한복판이다. 당연히 연구소가 거의 없다.

위험 물질을 다루다가 터지기라도 하면 무슨 일이 벌어질지 뻔하니까.

그렇다고 대기업?

실력을 인정받아 국방과학연구소에 연구원으로 취직할 능력이 되는 사람이 대기업에 취업해서 월급쟁이가 되는 것만큼이나 큰 낭비가 어디 있겠는가?

애초에 연구원이면 연봉이 최소 3억은 될 텐데, 대성동 근처의 대기업 연봉은 잘해 봐야 8천만 원 정도밖에 안 된다.

"그런데 대성동에서 벗어났다고 인생이 망가졌다고요?"

"그들에게 대성동은 단순히 사는 동네가 아닙니다. 대한민국 그 자체이자 그 전부죠."

그리고 밖에서 온 사람들은 그들에게 노예 아니면 기껏해야 대충 써먹다 버려도 상관없는 외국인 노동자쯤 된다는 소리다.

"기가 막혀서 말이 안 나오네요."

어느 정도 예상은 했지만 이건 상상도 못 한 수준이다.

하기야, 무태식도 새론의 창립 멤버로 절대로 돈이 없는 사람이 아니다. 그런데 그런 그가 학을 떼고 이사를 나올 정도면 돈 문제가 아닌 다른 문제 때문이었을 것이리라 예상은 했었다.

"누님이 이사하시기를 권해 드립니다."

"음…… 그게 제일 빠르기는 한데요."

하지만 그러면 당장 누나야 편할지 몰라도 그 학교에서는 또 다른 자살 사건이 일어날 수 있다는 게 문제다.

"이번에는 쉽게는 못 하겠네요."

그렇게 말하며 노형진은 쓰게 웃을 수밖에 없었다.

⚖

"그래서, 이사가 답이야?"

"장기적으로는?"

"역시 그렇구나."

"차라리 여기 말고 논연동 쪽이 나을 거래. 교육도 그렇고 환경도 그렇고."

"그런데 이렇게 얻어맞고 도망가는 건 내 취향이 아닌데."

"알지."

노형진은 고개를 끄덕거렸다.

"그러니까 이사를 가더라도 박살을 내고 가야지. 누나가 여기서 물러나면 아마 도망간다고 낄낄거릴걸."

"그러겠지."

"그나저나 그 여자들도 대단한 깡이네. 날 건드릴 생각을 다 하다니."

"응? 너에 대해서는 말 안 했는데?"

"뭐? 하긴, 그것도 그렇다."

노형진이 동생이라는 사실을 알았다면 과연 지역 운운하면서 깔아뭉갰을까?

아니다. 어떻게든 잘 보이려고 눈치를 보면서 온갖 아부를 떨었을 거다.

"소송하려고?"

"소송은 안 하지. 아니, 할 수가 없지. 소송해 봐야 기껏해야 명예훼손 정도인데."

그리고 명예훼손 정도로 노형진이 만족할 리가 없다.

더군다나 이 지역에는 법조계 인물들이 많은 만큼 아무리 노력해도 벌금 조금 내는 정도로 끝날 게 뻔했다.

"그러니까 다른 방법을 써야지."

"어떻게?"

"일단은 나 말고 세영이가 도와줄 거야."

"세영이가? 뜬금없이?"

"세영이가 우리 동생이기는 하지만 다 아는 건 아니잖아?"

"그건 그렇지?"

서세영은 성인 입양으로 정식으로 동생이 되었지만 성을 바꾸지는 않았다. 성인 입양은 성을 바꾸는 게 의무가 아니기 때문이다.

그래서 서세영이 노형진의 동생인 걸 모르는 사람들이 엄청나게 많았다.

"보통 이런 식으로 구는 사람들은 권력관계에 예민하거든. 내 이름 듣자마자 바로 달려와서 싹싹 빌걸. 그런데 그러면 조져 버리기 좀 그렇잖아."

"음, 확실히 그러면 재미없지."

노현아는 일리가 있다는 듯 고개를 끄덕거렸다.

물론 그렇게 하면 자신들은 편하게 사과받을 수 있을 것이다. 하지만 그 부모라는 인간들의 버릇이 고쳐질까?

그럴 리가 없다.

"내 경험상, 스트레스 풀겠다고 약자를 족치려고 더 달려들겠지."

그들은 자기들이 잘못했다고는 절대 생각하지 않을 거고, 오히려 억울하게 당했다며 보복하려 들 거다.

"하긴, 내 경험으로도 그래."

"그렇지?"

설사 노형진이 용서해 준다 해도 그들은 이미 자존심이 상했으니 그 분노를 누군가에게 풀어내려고 할 거다.

그리고 현실적으로 이 사건의 발단은 선생님의 죽음이다.

복수는 관련자에게 하기 마련이니 지금 상황에서 그 대상은 다름 아닌 선생님이 될 가능성이 크다.

"지금 저항하지 못하는 선생님들이 그때에는 저항할 수 있을 거라고 보기는 어려우니까."

"그래서 박살을 내고 가자고?"

"정답."

"오케이. 마음에 들어. 그러면 뭐부터 할 거야?"

"당연히 가장 먼저 해야 하는 건 호연이를 보호하는 거지."

노형진은 당연하다는 듯 말했다.

그러자 노현아가 고개를 갸웃거리며 물었다.

"그거야 나도 동의하는데, 애들을 때려잡을 수는 없잖아."

그게 문제다. 아이들은 때려잡을 수가 없다.

아무리 노형진이 필요에 따라 얼마든지 차가워지는 성격이라고 해도, 아무것도 모르는 아이를 공격하면 사람들은 노형진을 욕하면 욕했지 도와주려고 하지는 않을 거다.

"알아. 그러니까 문제가 되는 애들만 때려잡을 거야."

"어떻게?"

"내가 재미있는 소문을 들었거든."

노형진은 싱글벙글 웃으며 말했다.

"과연 학교에서 이 문제에 대해 뭐라고 하는지 두고 보자고, 후후후."

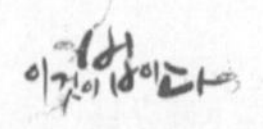

아이들을 도구로 쓰는 어른들

"언니~."

"에구구, 우리 막내 오랜만이네."

서세영과 노현아는 오랜만에 만나서 서로 포옹하면서 미소를 지었다.

"자주 좀 오지 그랬어. 형부가 너 잘 지내는지 걱정 많이 하는데."

"나 변호사잖아. 변호사가 판사 집에 들락날락하는 거 보기에 별로 안 좋아."

"아이고, 우리 아기가 진짜 변호사가 되어 가네. 언니는 섭섭하다."

"히히히. 그나저나 학교에서 울 예쁜 조카를 건드렸다면서?"

"응. 그래서 조지려고."

그 말에 서세영이 고개를 갸웃했다.

"선생님이 피해자라고 하지 않았어? 그런데 조진다고? 보통 피해자들은 보호하지 않아? 더군다나 내가 듣기로는 이번에 공격한 건 선생님들이 아니라 학부모라고 했는데?"

전혀 이해가 안 간다는 얼굴로 노형진을 바라보는 서세영.

노형진은 그런 그녀에게 간단하게 설명해 줬다.

"내가 조지려는 건 학교지 선생님이 아니야."

"아니라고? 그게 달라?"

"다르지. 이번 사태에서도 봐서 알겠지만, 선생님의 보호 책임은 누구에게 있어?"

"그거야 학교지."

"그래. 그런데 학교에서 어떻게 했지?"

"아하!"

노현아와 주변 선생님들의 말에 따르면 온갖 부당한 민원과 사건 사고의 책임을 선생님에게 전가했다고 한다.

원래 그런 건 학교 차원에서 커트하거나, 선을 넘는 행동이 벌어지는 경우에 법적인 절차를 밟아서라도 선생님이 피해를 입지 않도록 보호해야 한다.

"하지만 이번에 이야기를 들어 보니까 모든 걸 선생님에게 뒤집어씌웠더라고."

최신 핸드폰의 사용도 금지하고, 커피도 마시지 못하게 하고, 아침에 모닝콜을 강제하고, 심지어 다른 선생님의 경우에는 임신했다는 소식에 낙태하라면서 자기 마음대로 낙태해 주는 병원을 예약했다는 거다.

어차피 낙태는 불법인지라 전산으로 남는 게 아니니 그냥 전화번호를 남기면 예약할 수 있어서 가능했던 일이었다.

"으엑! 설마? 그 정도라고?"

"그 정도가 아니야."

당연히 그 선생님은 미쳤냐고 따졌는데, 학부모라는 인간이 찾아와서는 임신한 선생님의 따귀를 때리면서 은혜도 모르는 년이라고 욕했다는 것.

애를 가르칠 수 있게 내가 내 돈 들여서 병원까지 예약해 줬는데 가지도 않았다고 화를 냈다는 것이다.

"설마."

"설마 같지? 이게 얼마나 극히 일부인지 모를걸."

노현아는 질렸다는 듯 고개를 절레절레 흔들었다.

"우리가 뭘 하든 분명히 학교에서는 눈치 보면서 아무것도 안 하려고 할 거야."

물론 조카를 구하는 거야 어렵지 않다.

하지만 이런 걸 방치하는 학교, 아니 교장과 교감은 가만둘 수가 없다.

"그러니까 조져야지."

"하지만 뭐로? 고소할 수는 없잖아."

"간단해. 폭탄이 스스로 터지게 만들면 되는 거야."

"응?"

"음, 요즘 유행하는 말로 하자면…… 뭐랄까, 지금부터 서로 죽여라?"

"그거 인터넷 밈인데?"

서세영은 뜬금없이 나오는 말에 고개를 갸웃했다.

젊은 세대인 만큼 그런 밈에 대해서는 잘 알고 있으니까.

"그래."

"그게 터진다고?"

"폭탄은 지금까지 계속 터져 왔어. 그저 그들에게 터져 본 적이 없을 뿐이지."

노형진은 그렇게 말하면서 웃었다.

"그러니까 이번에는 자기들끼리 자폭하게 해 봐야지."

노형진과 서세영은 조용히 학교에 찾아갔다.

물론 노형진은 신분을 감춰야 하니 그 대신에 서세영이 대표로 나서서 교장을 물고 늘어졌다.

"새론의 서세영 변호사입니다."

"새론요? 새론에서 갑자기 왜……."

서세영의 등장에 교장과 교감은 왠지 떨떠름한 얼굴이 되었다. 최근에 노현아에게 일어난 일을 알기 때문이다.

물론 이들은 노형진이 노현아의 가족이라는 것까지는 모른다.

하지만 새론은 한국의 법률계에서 절대로 무시할 수 없는 이름이었고, 특히 여기 대성동은 법조계 사람들이 많아서 아무리 상관없는 일을 한다고 해도 새론이라는 이름 자체를 모를 수는 없었다.

"새론에서 어쩐 일로 저희 학교에 오신 건지요?"

"저희 새론에서 기획 소송을 하는 거 아시죠?"

그 말에 교장과 교감의 눈동자에 공포가 서렸다.

그건 안다. 대형 로펌 중에 새론처럼 노골적으로 하는 곳은 드무니까.

다들 쉬쉬하면서 할 뿐, 여러 가지 이유로 기획 소송을 공개적으로 하는 경우는 드물었다.

애초에 변호사는 변호사법에 따라 의뢰인을 찾아다니는 것도, 그리고 기획 소송을 하는 것도 규칙 위반이다.

하지만 할 사람은 다 한다.

왜냐, 그게 진짜 법적으로 필요해서 만들어진 규칙이 아니라 변호사가 자존심 세우려고 만든 규칙이니까.

당연하게도 새론은 그걸 철저하게 무시했다.

변호사 협회에서는 싫은 티를 내곤 했지만 다른 곳도 아닌 새론을 대상으로 싸움을 걸 수는 없었고, 애초에 그 짓을 했다가는 거의 모든 초대형 로펌들과 전면전을 각오해야 해서 모른 척할 수밖에 없었다.

물론 그렇다고 해도 새론에서 대놓고 기획 소송을 입에 담지는 않는다. 대신에 피해자를 모집한다는 방식으로 이야기한다.

그런데 그런 새론이 기획 소송을 입에 담았다?

'불안한데.'

교장은 똥줄이 바짝바짝 타기 시작했다.

그 이야기가 나왔다는 것은 자기들이 그 소송 대상이거나 소송 피해자라는 건데, 아무리 생각해도 학교가 피해자가 될 방향성은 보이지 않았으니까.

그리고 그런 교장의 의심은 확신이 되었다.

"지금 학교에서 벌어지는 범죄에 대해 알게 되었습니다. 그래서 기획 소송을 시작하기 전에 그 건에 대해 확인하러 온 겁니다."

"저희한테 기획 소송을 건다고요?"

"네."

"저희는 아무것도 안 했습니다!"

옆에서 듣던 교감이 억울하다는 듯 외쳤다.

하지만 서세영은 단호했다. 이미 관련 자료는 모두 확인한 상태였으니까.

"안 하긴요. 심각한 아동 학대를 저지르고 계시던데요."

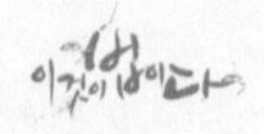

그 말에 교장과 교감은 순간 노현아의 딸인 박호연이 생각났지만, 아무리 생각해도 그건 아닌 것 같았다.

기획 소송의 의뢰인은 집단인 경우가 대부분인 데다, 한 명이 소송하는 거라면 굳이 기획 소송이라는 표현을 쓸 이유가 없으니까.

"뭔가 오해가 있으신가 본데, 학교 차원에서 아동 학대를 저지른 적은 없습니다."

"그래요? 제가 듣기로는 다르던데요."

서세영은 두 사람을 더더욱 강하게 몰아붙였다.

"저희 제보에 따르면 아이들을 몸빵으로 이용한다던데요?"

"몸빵……이라니요?"

이해할 수 없는 표현에 교장과 교감은 어리둥절했다.

몸빵이 뭔지 모르는 것은 아니다.

인터넷에서 오래 사용된 단어이고 교장과 교감도 그 단어를 사용한 세대에 속하기에 그게 무슨 의미인지 모르지는 않았다.

하지만 여기는 초등학교다. 그런데 몸빵이라니?

"이미 제보가 들어왔습니다. 특정 아이들을 문제가 있는 애들 반에 편성해서, 문제가 있는 아이들이 공격할 수 있는 대상으로 만들어 준다던데요."

"아니, 누가 그런 말을 합니까!"

그 말에 교장은 질겁했다.

하지만 노형진에게 모든 걸 들은 서세영은 단호하게 말을 이었다.

"아니라고요? 진짜로 말입니까? 저희가 이미 자료를 확인했습니다. 문제아들 주변에 순하고 아무것도 모르는 아이들과 부모들이 저항하지 못하는 아이들 위주로 배치했던데요?"

"그거야……."

그 말에 교장은 뭔가 알아차리고는 눈동자가 흔들리기 시작했다.

그걸 본 서세영은 깜짝 놀랐다.

'아니, 그게 진짜였어?'

노형진에게 이 이야기를 처음 들었을 때만 해도 말도 안 되는 소리라고 생각했다. 그런데 그게 진짜라니.

믿을 수가 없었지만 당장 눈앞에서 당황하는 교장과 교감을 보니 마냥 거짓말이라고 생각하기도 어려웠다.

"일단 저희는 그 아동 학대에 대해 정식으로 고발을 넣고 소송을 진행하겠습니다."

"오해입니다. 진짜로 오해입니다!"

교장이 다급하게 붙잡았지만 서세영은 단호하게 떨쳐 내며 학교를 나섰다.

"경찰에 출두할 준비나 하세요."

노형진과 함께 가차 없이 밖으로 나온 서세영은 당연히 노형진을 붙잡고 사실을 확인했다.

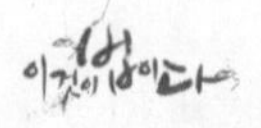

"오빠, 그건 어떻게 안 거야?"

"뭘?"

"아니, 애들을 몸빵으로 세우는 거 말이야."

"아아~ 그거? 안 하는 학교가 없거든."

"뭐? 안 하는 학교가 없다고?"

"그래."

"아니, 미친 거 아니야? 학교에서 그런 아동 학대가 일어나게 그냥 둔다고?"

노형진은 그 말에 피식 웃으면서 머리를 긁적거렸다.

사실 이건 진짜 아동 학대라고 보기는 애매하니까.

"사실 이건 아동 학대라기보다는 폭탄 돌리기에 가까워."

"그게 무슨 소리야?"

"너, 문제아반이라는 단어 들어 본 적 있어?"

"어…… 그러니까, 들어 본 적은 있지?"

"어디서?"

"그러니까…… 어…… 만화책?"

"그렇지. 문제아반이라는 단어는, 존재는 하지만 기껏해야 만화책에서나 사용되지. 그러면 왜 현실에서는 사용하지 못할까?"

"글쎄……. 어, 그러고 보니 그러네?"

문제아반은 학원물, 그것도 보통 만화책 등 일본 작품에서나 많이 사용되지 현실에서는 사용되는 경우가 거의 없다.

"왜냐하면 학교는 아이를 버릴 수가 없거든. 특히 퇴학이 불가능한 이런 초등학교는."

"그건 그렇지."

"그런데 아이들 중에 문제아 비율이 얼마나 될 것 같아?"

"음…… 글쎄."

"절대 낮지 않아."

학교나 학원의 상황에 따라 다르지만 문제아 비율은 절대로 낮지 않다.

대략 10%~15%는 사회적으로 문제아라고 볼 수 있다.

"그리고 이런 극단적인 학습 구조를 가진 지역에서는 그 비중이 더 높아질 수밖에 없지."

아이들이 극단적 스트레스로 인해 비틀릴 가능성이 아주 높기 때문이다.

"그런데?"

"그 애들을 문제아반에 가두어 두면 어떻게 되겠어?"

"그게…… 아, 그러네. 구조적으로 그럴 수가 없구나?"

"그래."

문제아반이라고 이름 붙여 문제아들을 그곳에 몰아 버리면 분명 다른 반의 학습 환경은 무척 개선될 거다.

하지만 그들이 간 그 문제아반은?

"학습은커녕 제대로 굴러가지도 않을걸."

"그러겠네. 드라마나 만화에서만 봐도, 개판도 그런 개판

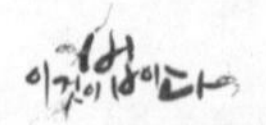

이 없던데."

"그래, 맞아. 그런데 그걸 누가 운영하려고 하겠어?"

인사고과? 마이너스로 땅을 뚫고 내려갈 정도일 테고, 아마 담당하는 선생님마다 화병으로 쓰러져 나갈 거다.

"열의 넘치는 선생님의 노력으로 개과천선? 그건 진짜 판타지에서나 나오는 개소리지."

물론 선생님이 일대일로 붙어서 컨트롤한다면 가능할지도 모른다.

하지만 학창 시절은 선생님보다는 친구의 영향이 더 강한 시기다.

그런 시기에 주변에 핵폭탄 같은 인간이 가득하다면 좋은 영향을 받을 수가 없다.

"인생 확실하게 조지겠네."

"그래. 그래서 현실에서는 그 문제아반이라는 걸 운영할 수가 없어. 그러면 어떻게 해야 할까?"

"음…… 그래서 폭탄 돌리기라고 한 거구나."

"맞아."

문제아들을 반별로 한 명씩 적당히 배정해 놓는 것이다.

문제아들이 뭉쳐서 초대형 사고를 치는 것과 문제아로 인해 누구 한 명 억울하게 독박 쓰는 것을 막기 위해서다.

"잠깐, 그러면 이건 아동 학대가 아니잖아?"

"그렇지. 어떻게 보면 고육지책이지."

아이들의 미래를 완전히 박살 내기보다는 그래도 약간의 피해를 감수하며 일단 지켜보자는 것.

실제로 주변에 선량한 아이들이 있으면 영향을 받아서 문제아가 바르게 변화하는 경우도 있고, 문제아들이 한데 모여 있을 때는 백 단위급의 문제가 될 수도 있었던 일이 적당히 컨트롤되어서 십 단위의 문제로 끝날 수도 있으니까.

"하지만 그건 어디까지나 실무적인, 그리고 문제아를 기준으로 한 판단이지. 내가 말했지, 위치가 바뀌면 판단도 달라진다고?"

"그랬지."

"만일 네가 학부모라면, 그리고 내 자식은 선량한 아이라고 믿고 있는데 현실이 이렇다는 걸 알게 되면 어떻게 생각하겠어?"

"그럼 당연히…… 어……?"

어찌 되었건 주변에 폭탄 하나가 알짱거리는 격이니까, 당연하게도 그 폭탄이 아이에게 피해를 줄까 걱정할 거다.

"당장 소위 빵셔틀이라고 하는 학교 폭력 문제를 생각해 봐."

소위 일진이라는 놈들은 각 반마다 하나씩 있고, 그놈들은 선량한 학생들을 착취한다.

심지어 빵셔틀이라고 해서 자기보다 약한 학생을 노예로 삼아 부려 먹는다.

"그런데 그런 일진들을 한 반에 가두어 두면 서로 아는 사

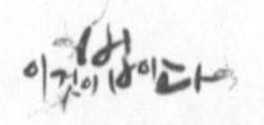

이라고 친하게 지낼 것 같아?"

"절대 아니지."

그들이 학교 내에서 일진이자 권력자로 존재할 수 있는 건 각 반의 권력자로 자리 잡아 비슷한 수준의 돈을 갈취할 수 있으며, 자기가 써먹을 수 있는 수준의 노예가 공급되기 때문이다.

더구나 애초에 사이좋게 지낼 줄 아는 놈들이었다면 일진 노릇도 하지 않을 거다.

그러니 아마도 서로 쇠 파이프를 휘두르면서 대가리가 깨질 때까지 싸울 테고 진 놈은 노예가, 이긴 놈은 주인이 될 거다.

"물론 현대에는 그게 용납될 수가 없지만."

노형진은 어깨를 으쓱했다.

"알 게 뭐야, 일진 놀이 하다가 자기들끼리 뒈지든 말든."

"잔인한데?"

"잔인하지? 하지만 어떻게 보면 갱생에는 이게 더 빠르고 효과적일걸. 실제로 각 반에 그런 문제아를 분포시키는 방식의 가장 큰 문제가, 선생님의 부하가 줄어드는 대신에 아이들의 부담이 늘어난다는 거니까."

한 아이가 한 반을 꽉 잡고 돈을 갈취하며 급우들을 노예로 부리기 시작하면 그건 더 이상 그 아이만의 문제가 아니게 된다.

그 반의 일부는 그 아이를 보고 부러워하며, 권력을 추구하기 위해 일진의 행동을 답습하기 때문이다.

"썩은 사과 이론이구나."

"맞아."

썩은 게 하나라도 들어 있으면 그 주변도 계속 썩어 들어가기 마련.

그렇게 폭력과 범죄를 배운 애들은 일진이 되고 범죄자가 되어 간다.

편의성을 이유로 그리고 아이들의 미래를 이유로 비슷하게 섞어 놨지만, 결과적으로 더 많은 아이들의 미래가 박살 나는 셈이다.

"반대로 완전히 고립시키는 경우는 이야기가 달라지지."

서로 대가리 깨 가면서 일진 놀이를 한 끝에 서열을 정리한 후 그걸 밖으로 투영하려고 한다?

그러면 그냥 형사처벌 해 버리면 그만이다.

당연히 그 안에서 못 버틸 놈들은 제발 빼 달라고 빌 테고, 그런 놈들은 나와서도 더는 일진 노릇을 하지 못할 것이다.

왜냐, 그런 짓을 하는 순간 다시 문제아반에 배정되어서 순식간에 빵셔틀로 전락할 테니까.

"그런데 중요한 건 그게 아니지. 애초에 구조적으로 문제아반을 만드는 게 용납될 리도 없고."

하지만 한 가지 확실한 건, 자기 아이가 학급 내의 일진에게 빵셔틀이자 돈을 바치는 노예로 취급받는다면 어떤 부모도 이를 용납 못 할 거라는 거다.

"하지만 대부분 그렇게 극단적으로 생각하지는 않을 텐데. 모든 일진이 다 그 지랄인 건 아니잖아."

"그래, 그렇지. 그런데 피해망상에 시달리던 부모들은 어떨까?"

"피해망상? 아하!"

아이가 기분 나빠 한다고, 아이에게 숙제를 내줬다고 고소를 넣은 부모들.

그리고 선생님이 친구들과 술 한잔했다고 자격 운운하면서 학교를 뒤집는 부모들.

거기다가 스스로 부모이면서 선생에게는 결혼도 하지 말고 아이도 낳지 말라고 지랄하는 인간들이, 과연 내 아이 주변에 위험한 아이들이 있는 건 용납할까?

"이건 절대로 선생님이 감당할 수 있는 민원이 아니거든."

지금까지 교장과 교감은 눈치 보면서 문제가 생기면 모든 걸 선생님들에게 떠넘겼다.

하지만 이 문제는 교장과 교감이 직접 나서야 하는 문제다.

"하지만 그러면 아이들에게 피해가 가지 않을까?"

"피해? 과연 그럴까?"

"응?"

"너는 그런 부모 아래에서 자란 아이들이 멀쩡할 거라 생각해?"

"아…… 그렇겠네."

문제아가 있으면 학급이 망가진다. 그리고 그 문제아는 정작 그들의 아이들이다.

"서로 개싸움 하기 시작할걸."

한데 똘똘 뭉쳐서 선생님을 자살시켰을 때만 해도 자기 힘이 자랑스럽고 존재감이 하늘을 찔렀겠지만, 이제는 문제아 부모끼리 만인의 투쟁 상태에 들어갈 거다.

"아마 보고 있으면 볼만할 거야, 후후후."

노형진은 아주 자신 있게 말했다.

노형진은 바로 피해자들을 모집하기 시작했다.

그들을 모으는 건 어렵지 않았다.

교육에 예민한 지역이기에, 그냥 학교 앞에 현수막을 거는 정도로도 충분히 소송 피해자를 모을 수 있었던 것이다.

이런 학군은 부모 간의 커뮤니케이션이 중요하다. 공부와 관련된 정보나 자세한 입시 정보를 가진 자가 권력자가 되는 구조니까.

당연히 부모들은 그와 관련해서 단체 채팅방을 운영하고 있기에, 학교 앞에 소송한다고 플래카드를 거는 순간 모두에게 알려질 수밖에 없었다.

그들에게 있어서 아이의 교육과 미래는 무엇과도 바꿀 수 없는 일이니까.

학교의 편의? 교육의 목적성? 그런 거야 알 게 뭔가?

아이한테 흠집 하나 나지 않게 만드는 것이 그런 부모들의 목적이다. 당연하게도 그들은 미친 듯이 소송할 수밖에 없었다.

"우리 애들을 어떻게 관리하는 거예요!"

"맞아요! 아이들을 보호해야 하는 학교에서 아이들을 몸빵으로 세운다는 게 말이나 돼요?"

"그게 아닙니다. 오해가 있었던 겁니다."

교장은 땀을 뻘뻘 흘리면서 어떻게 해서든 오해를 풀어 보겠다고 몸부림을 쳤다.

하지만 '오해'라는 건 이미 의미가 없었다.

선생님이 쓰는 최신 핸드폰 때문에 아이들이 그걸 보고 자기에게도 최신 폰을 사 달라고 했다고 민원을 넣었던 대성동의 학부모들이다.

남의 사정이나 진실 따위는 신경도 쓰지 않는다.

그들에게 중요한 건 오로지 내 아이, 내 자존심, 내 분노였다.

"아니, 고작 교장 따위가 어따 대고 말대꾸야!"

결국 학부모 한 명이 소리를 버럭 질렀다.

"네?"

"어디 교장 따위가 말대꾸를 하느냐고! 감히 변호사한테 말대꾸를 하다니, 미쳤나 보네?"

"아니, 그런 문제가 아니라……."

"지금 내가 만만해 보이지? 철밥통 꽉 잡고 시간만 때우다 교장 되니까 세상이 참 좆같아 보이지?"

"진정하세요, 아버님."

"아버님 같은 소리 하고 자빠졌네. 내가 너희들은 무슨 수를 써서라도 옷 벗긴다. 무슨 수를 써서라도 너희들은 교도소에 보낼 거야. 무슨 소리인지 알아? 내 친구들이 누군지 아냐고! 판사에 검사에 변호사까지 가득 있어, 너희 따위 조지는 게 어려운 일일 줄 알아?"

한 남자가 길길이 날뛰자 다른 학부모들도 호응하기 시작했다.

"옳소!"

"말 잘한다!"

"저런 새끼를 교장으로 두면 우리 아이들의 미래가 어떻게 되겠습니까?"

"조져야 합니다!"

노골적으로 조지겠다고 설치는 부모들을 보면서 교장과 교감은 당혹감을 감출 수가 없었다.

"내가 이 소송 하겠습니다. 이 썩어 빠진 학교를 개혁합시다!"

"그럽시다!"

그들은 광분해서 외쳐 댔다.

그리고 그 모습을, 누군가가 애써 즐거운 기분을 감추면서 지켜보고 있었다.

⚖

"감사합니다. 속이 뻥 뚫리는 기분이었어요."

대성 초등학교의 선생님인 양미래는 정말 속이 시원한 얼굴이었다.

그녀는 사건이 벌어진 이후 노현아와 함께 적극적으로 이 일을 도와주고 있는 사람이었다.

자살한 선생님이 같은 학교를 졸업한 그녀의 친구이기에 노현아와도 알고 지내는 사이였기 때문이다.

"미안해. 내가 좀 더 힘이 있었다면……."

"아니야. 언니가 오지 않았다면 나도 자살했을지도 몰라."

학교로 찾아온 노현아와 만나 이야기하면서 두 사람은 조금이나마 숨통이 트일 수 있었다. 비록 그중 한 명이 오래 버티지 못하고 자살했지만 말이다.

"그런데 그 교장과 교감이 선생님들을 많이 괴롭혔나 봐요?"

서세영은 궁금하다는 듯 물었다.

학교를, 아니 선생님을 공격하는 학부모들에게 반격하는 것은 이해가 간다. 하지만 그들 편에 서서 교장과 교감을 같이 공격한다는 것은 이해가 가지 않았던 것.

"우리를 공격한 게 학부모만이 아니거든요."

"네?"

이해하지 못하는 서세영에게 노형진이 어깨를 으쓱하며 설명했다.

"간단하게 말해서, 교장과 교감은 노예장인 거야. 자신들의 권력을 유지하기 위해 보호해야 할 선생님을 보호하는 대신에 제물로 바친 거지."

"이해가 안 가요."

"흠."

노형진은 그 말에 머리를 긁적거리다 다시 입을 열었다.

"간단하게 말하면 이런 거지. 선생님들은 학부모에게 개인 연락처를 주지 않아. 줘 봐야 안 좋은 꼴이나 겪을 걸 잘 알거든."

개인적으로 말도 안 되는 요구를 하는 학부모도 많고 거의 노예처럼 모든 걸 시키려 드는 학부모도 있다.

쉬는 날 전화해서 '내가 외출해야 하니 나 대신 집에 있는 아이 밥을 먹여라.'라고 요구하는 인간이 있을 정도이니 무슨 말을 하겠는가?

"어느 정도이기에……?"

"저 같은 경우는 아이한테 채식을 시킨다고 도시락을 싸오라고 한 사람도 있었어요."

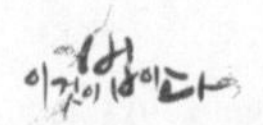

"아이한테 채식을 시킨다고요?"

"그래, 소위 말하는 채식주의자들 말이야."

그들은 자기들이 채식을 하니까 아이도 채식을 해야 한다고 주장한다.

성장기에 단백질 공급이 중요하다는 건 상식이다.

성장기에 뇌가 발달하기 위해서는 단백질이 필수다. 그렇기에 절에서도 동자승들에게는 고기를 먹인다.

하지만 그들에게 그런 건 중요하지 않다.

그들은 자신들은 동물을 먹지 않는다는 선민의식을 가지고 있고, 그걸 자식에게도 강요한다.

"그런데 초등학교는 급식이잖아."

당연히 급식은 아이들의 올바른 식생활과 성장을 위해 가능하면 충분한 단백질이 포함되도록 구성된다.

학교에서 돈 주고 영양사를 고용하는 건 단순히 밥을 하기 위해서가 아니라 아이들의 성장을 위해서이기도 한 거다.

그러나 그런 의도 역시 그들에게는 중요하지 않다.

그들에게 고기를 먹는다는 건 동물을 살해하는 무식하고 미개한 행위에 일조하는 것을 의미하기에 아이에게도 급식을 먹이지 않으려 한다.

"그런데 또 직접 도시락을 싸기는 귀찮거든."

"맞아요. 처음에는 학교에다가 채식주의자용 식단을 요구했다가 거절당했거든요."

그러자 그들은 그 당시 담임이었던 양미래에게 전화를 걸어서 아이가 먹을 수 있는 채식 도시락을 싸 올 걸 요구했다.

"아니, 미친 거 아니에요? 자기들이 싸서 보내든가."

그게 귀찮다? 인터넷에서 찾아보면 채식주의자용 도시락을 판매하는 곳도 있다.

"그런 곳은 싫은 거지."

그런 곳은 당일에 만들어서 보내는 게 아니라 일주일 치 또는 이 주일 치를 미리 대량으로 만든 다음 냉동 상태로 보내니까.

아무리 좋게 표현해도 맛있다는 말은 나오기 어렵다.

신선한 과일이나 야채보다 조리해서 냉동시킨 두부나 당근류의 야채만 가득하기 때문이다.

"그건 또 싫은 거야."

그러니까 그들은 선생님을 괴롭히는 거다.

"그걸 알기에 대부분의 선생님들은 자기 번호를 안 줘. 하지만 학부모들은 선생님의 핸드폰으로 연락하지."

"그렇지?"

"그러면 그 번호를 누가 줄 것 같아?"

"어?"

그 말에 서세영은 아차 했다.

그 번호는 당사자가 아니면 줄 사람이 없다.

정부에서? 그럴 리가 없다. 그건 개인 정보 보호법 위반이다.

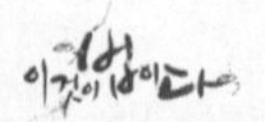

그렇다면 해킹? 아무리 그래도 해킹을 통해 전화번호를 알아내지는 않을 거다.

"설마 교장 선생님이나 교감 선생님이?"

"뭔가 불만이 있으면 어디부터 공격하겠어?"

당연히 학교다.

예를 들어 학부모가 학교에 채식 식단을 요구한다면 그건 학교 측에서 설득을 하든 도시락을 싸 오라고 하든 처리해야 할 일이고, 그런 경우 그 비틀린 학부모들과 싸워야 하는 건 교장과 교감이다.

그러나 교장과 교감은 자기들이 피해를 입을까 두려워한다.

"그러면 답은 뻔하지."

'담임선생님에게 전화해서 알아보세요.'라면서 담임선생님의 전화번호를 넘기는 거다.

"대부분 모른 척할 뿐이지."

선생님들은 자기 전화번호를 학부모들이 도대체 어떻게 아는지 모른다. 그저 황당해하면서도 '네, 네.' 하면서 굽실거리는 수밖에 없다.

"그 짓을 교장과 교감이 한다는 거예요?"

"자기가 당하는 건 귀찮으니까."

노형진은 어깨를 으쓱하며 말했다.

"하지만 이번에는 불가능하지."

반별로 문제아를 분배하는 것은 선생님이 선택하는 권한

이 아니라 교장과 교감이 결정하는 문제다. 그런 만큼 그들은 절대로 '선생님에게 알아보세요.'라고 넘길 수 없다.

그런데 노형진의 설명을 듣던 노현아가 떨떠름한 얼굴로 말했다.

"도무지 믿기 어려운데……. 진짜로 그럴까?"

"내 경험상 그래도 떠넘기긴 할 거야. 상습범이니까."

"알면서도 그냥 둬?"

"그냥 두는 게 아니야. 애초에 선생님들이 붙어야 하는 건 교장과 교감이 아니라 학부모거든."

"응?"

"소송이 시작되면 선생님들은 교장이나 교감이 아니라 학부모 측에 붙어서 증언해야지, 학교에서 시켰다고."

"아아아~."

그리고 자기편인 사람에게 학부모가 선빵을 치지는 않을 거다.

최소한 소송하는 동안에는.

"그렇구나. 그런데 소송은 언제 하는데?"

노현아는 문득 궁금하다는 듯 고개를 갸웃하면서 물었다.

분명 노형진은 학교를 대상으로 한 집단소송에 참여할 사람들을 모집한다고 플래카드를 걸어 놨다.

하지만 정작 소송과 관련된 준비는 전혀 하지 않고 있었다.

"응? 아아아~ 내가 말 안 했나?"

노형진이 피식 웃었다.

"나 그 소송 안 하는데."

"뭐? 그게 무슨 소리야?"

"응? 오빠, 그게 뭔 소리야?"

"소송을 안 하신다고요?"

세 사람은 그 말에 깜짝 놀라 일제히 노형진을 바라보았다.

노형진은 자기가 말하지 않았다는 사실을 깨닫고는 머리를 긁적거리며 말했다.

"내가 안 한다기보다는 내가 못 한다는 게 맞지."

"무슨 소리야, 오빠?"

"네가 못 한다니? 누가 네 일을 빼앗아 간다는 거야?"

"그러겠지. 대성 초등학교 학부모들 중에 변호사가 얼마나 될 것 같아?"

"그게, 확실히…… 적지는 않겠지?"

"그놈들이 가만히 있겠어?"

그 말에 다들 그제야 이해가 된다는 듯 고개를 끄덕거렸다.

이건 단순히 아이들을 위한다는 주장도 가능하지만 동시에 상당히 큰 소송이다.

자신의 이름을 알릴 수 있으며 학부모들 사이에서 자신의 영향력을 늘릴 수 있는 기회가 된다.

"우리와 별개로 학부모들 사이에서 벌써 소송위원회가 꾸려졌을걸. 그리고 우리보다는 그쪽으로 뭉치려고 하겠지."

새론은 외부의 조직. 따라서 학부모들은 자기들이 뭉쳐서 소송하려고 할 거다.

“솔직히 말해서 우리한테 돈을 줄 이유가 없다고 생각하겠지.”

“그런가?”

“그래. 그리고 말이야, 이 집단소송의 목적이 뭐겠어?”

“응? 그러게. 뭐지?”

그러자 서세영은 이해가 안 가는지 고개를 갸웃했다.

노형진은 그 모습을 보면서 피식 웃었다.

하긴, 서세영은 집단소송의 일원으로 참가는 해 봤어도 아직 집단소송을 설계하는 멤버로 참가해 본 경험은 없으니 모를 수도 있다.

“집단소송을 하는 경우는 크게 두 가지야. 첫 번째, 지속적으로 발생하는 피해에 대한 구제. 두 번째, 돈. 그러면 이번 사건은 어느 쪽에 속해?”

“그거야…… 음…… 전자겠네?”

전자일 수밖에 없다.

왜냐하면 이걸로 소송한다고 해서 큰돈이 생기는 것도 아니고, 전문가가 달라붙는다고 해도 딱히 엄청난 손해배상을 청구할 수는 없으니까.

부모 입장에서야 화가 날 일이지만 사실 이 시스템은 대성초등학교뿐만 아니라 모든 학교에서 동일하게 굴러가고 있다.

한 사람에게 모든 가혹행위가 쏠리지 않게 하기 위해서다.

그러니 현실적으로 손해배상은 나올 수가 없다. 업무의 영역이니까.

"그렇지. 그런데 굳이 자기들이 손해 보면서 우리한테 의뢰하겠어?"

"아하!"

자기들이 변호사고 검사고 판사다. 원하면 고소하고 처벌하고 판결까지 낼 수 있는데 새론에 수천만 원을 줘 가면서 소송을 맡길 이유가 없다.

"그러면 애초부터 우리가 소송을 맡지 못할 거라는 걸 알고 플래카드를 건 거였어?"

노현아는 깜짝 놀라면서 물었다.

"그렇죠. 애초에 우리가 해 봐야 욕밖에 더 먹어?"

"하긴, 그것도 그러네."

학교의 그러한 반 편성 방식이 이 지역 사람들에게는 극도로 분노할 만한 행동일지 몰라도 일반적인 사람들에게는 어찌 보면 당연한 일이다.

만약 내 자식이 그런 꼴을 당하고 그래서 학교 폭력을 당한다면 이야기가 다르겠지만, 최소한 조금 문제 있는 행동을 한다는 이유로 학교에서 아예 고립되어 버려진 아이 취급받는 것을 인정할 사람은 없다.

하물며 이제는 사실상 성인이라 갱생이 거의 불가능하다고 생각되는 고등학생도 아니고 고작 초등학생이다.

초등학생의 일부 문제 행동을 핑계 삼아 학교에서 문제아로 분류하고 격리하라고 소송하는 걸 그 누가 좋아하겠는가?

"애초에 나는 그걸로 자극하려고 했을 뿐이지, 진짜로 소송할 생각은 없었어."

"어쩐지 이상하더라."

"뭐가?"

"오빠, 아니 새론은 기획 소송할 때 엄청 준비하잖아."

"그렇지."

상대방이 꼼짝도 못 하고 살려 달라고 할 정도로 자료를 모은 후에 기획 소송을 시작한다.

애초에 기획 소송이라는 게 뭔가?

누가 봐도 불법적인 영역에서 피해가 발생하고 있다는 걸 사람들이 모를 때, 그 증거를 모은 후에 사람들을 설득해서 피해를 발생시키는 상대에게 소송을 거는 것이다.

당연히 소송 이전에 은밀하게 자료를 모으는 게 최우선이다.

소송이 걸리는 순간 상대는 불법에 관련된 모든 증거를 없애려 들 테니까.

그러면 피해자들 입장에서는 범죄의 증거를 기획 소송을 하는 로펌만 가지고 있는 것이 되니 비싼 돈을 주고 소송할 수밖에 없다.

계속 불법의 피해를 입느니 당장 돈을 좀 더 주더라도 배상도 받고 피해도 막고 싶어지는 게 사람이니까.

"그런데 이번에는 아무것도 안 했네?"

"할 필요가 없지. 애초에 소송을 안 할 건데."

노형진은 싱글벙글 웃으며 말했다.

"그러면 이제 어떻게 되는 건가요?"

"기다려 보세요. 소송이 시작되면 아시게 될 테니까."

걱정스러운 눈빛으로 자신을 바라보는 양미래에게, 노형진은 싱긋 웃으며 말했다.

"살기 위해서라도 교장과 교감이 몸부림치겠지요, 후후후."

학교의 장? 노예의 장

교장이란 어떤 역할을 하는 존재인가?

답은 간단하다. 학교의 대표로서 학교를 운영하고 학생들이 학교에서 정당한 교육을 받을 수 있도록 하는 것.

하지만 현재 대한민국 학교의 장은 그런 것보다는 상당히 정치적이고 개인적인 자리로 취급받고 있다.

교장들은 공공연하게 정치적 발언을 해도 처벌받지 않는다. 분명 공무원 또는 교육자는 정치적인 이야기를 해선 안 되지만 말이다.

그리고 어떤 사람들은 학교장으로서 학교를 보호하기보다는 선생들을 제물로 삼아 자기가 살아남으려고 한다.

어떤 학교는 아주 질 좋은 식사가 나와서 교장이 식비에 소매넣기를 하는 거 아니냐고 우스갯소리가 나오지만, 다른 어떤 학교는 학교 예산을 하도 슈킹 해서 1980년대에나 나올 법한 멀건 똥국이 나오기도 한다.

결국 그런 곳은 교장이 일을 제대로 하지 않는 것이다.

설사 자기가 그 돈을 슈킹 하지 않더라도 아래에서 제대로 일하는지에 대해 확인도 하지 않는다는 것.

그리고 대성 초등학교의 교장과 교감은 단 하나의 목적으로 이곳에 온 사람들이었다.

"돌겠네요."

"교장 선생님, 이거 어쩝니까?"

교장인 박영애에게 교감인 김종영은 떨떠름한 얼굴로 물었다. 자신들에게 소송이 걸렸다.

"내가 여기에 온 이유가 그게 아닌데."

대성 초등학교는 사실 기피 지역에 속한다.

서울, 그것도 강남 한복판에 자리 잡은 지역이지만 학부모들이 자신들을 대한민국을 지배하는 하나의 권력층이자 귀족이라 생각해 갑질이 한두 해 문제가 아닌 곳이니까.

그래서 이 지역은 들어오는 선생님보다 나가는 선생님이 많아서, 정규직 선생님보다 계약직이 많다.

특히 그중에서도 대성 초등학교는 가장 악질적인 곳이라고 소문이 났다.

그러나 누군가에게 있어서 최악의 장소는 최고의 장소다.

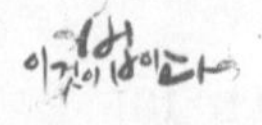

아니, 그렇게 생각했다.

인맥만 잘 다지면 미래에 뭘 하든지 간에 도움이 될 거라 믿었다.

하지만 박영애와 김종영이 알지 못한 것. 그건 이 주변의 악질 부모들에게는 교장이나 교감 또한 존중이나 존경의 대상이 아니라 자신들의 노예 중 한 명일 뿐이라는 사실이었다.

인맥도 존중과 존경이 동반될 때나 생기는 거지, 노예에게 인맥을 기대하는 사람은 없다.

더군다나 교장이 자신들에게 일방적으로 인맥을 기대하는 인물이라면 비틀린 권력자들에게는 자신의 권력을 나눠 받길 원하는 파리에 지나지 않는다.

"여기로 오는 게 아니었는데."

박영애는 머리를 부여잡았다.

이럴 줄은 몰랐다. 아니, 여기에 오고서야 알았다.

자신이 생각한, 인내하면 생기는 인맥 따위는 없다는 걸.

그러나 이직하고 싶어도 그럴 수가 없었다. 옮겨 가기 위한 기한은 아직도 멀었고, 그렇다고 교장직을 때려치울 수도 없었다.

다른 사람이 온다고 하면 바로 넘기겠지만 대성 초등학교는 이 지옥 같은 학군 내에서도 가장 기피되는 지역.

누구도 신청자가 없으니 죽어라 시간을 때우는 수밖에 없었다.

"부모님들은 뭐라고 하세요?"

"손해배상과 더불어서 책임을 지라고……."

"그러니까 무슨 책임요? 애초에 이런 식으로 반을 구성하는 게 전국에 우리뿐인 것도 아니고."

진짜 애들이 열 명 이하의 분교가 아닌 이상에야 모든 학교는 그렇게 구성할 수밖에 없다.

아무리 그래도 고작 초등학생을, 조금 문제아라는 이유로 격리해서 아예 인생을 조질 수는 없지 않은가?

"그런데 말이 안 통합니다, 진짜로."

김종영은 한숨을 푹 쉬었다.

그들도 설득했다. 그러나 부모들의 요구는 언제나 같았다.

첫 번째, 손해배상.

두 번째, 책임지고 사과.

세 번째, 문제아의 격리.

셋 다 말이 안 되는 요구였기에 박영애는 미칠 것 같았다.

"어쩔 수 없습니다. 일단 이 모든 건 선생님들의 결정에 따라 이루어진 거라고……."

결국 언제나처럼 박영애가 선택한 것은 선생님들을 제물로 삼는 것이었다.

물론 그건 거짓말이다.

학교의 운영 방침은 선생님들이 결정하는 게 아니다.

어느 정도 의견을 내긴 하지만 결정하는 것은 교장이니까.

그러나 자기가 살 궁리만 하고 있던 박영애는 선생들을 제물로 삼고 싶었다.

그간 선생들에게 짐을 떠넘길 때는 몰랐는데, 직접 당해 보니 이건 진짜 자살해도 이상하지 않은 수준이었으니까.

그러나 이번에는 그럴 수 없었다.

"교장 선생님, 그건 어렵습니다."

"뭐라고요? 아니, 왜요? 지난번만 해도……."

박영애가 전혀 모르는 듯하자 교감인 김종영이 눈을 찡그렸다.

"그, 선생님들이 그쪽에 붙었습니다."

"그쪽?"

"네, 학부모 측에 말입니다."

"뭐라고요!"

그 말에 박영애는 자리에서 벌떡 일어났다.

"그게 무슨 말이죠?"

"이미 자신들의 의견과 상관없이 결정한 건 교장 선생님과 저라고 주장하고 있습니다."

그 말에 박영애의 얼굴이 노래졌다.

⚖

"이렇게 되네."

"믿음이 확신이 된 거니까."

노현아는 신기하다는 듯 말했다.

얼마 전까지만 해도 악질 학부모들은 선생님들을 못 잡아먹어서 안달이었다. 그런데 지금은 교장과 교감을 공격하느라 선생님들을 평소처럼 괴롭히지 못하고 있었다.

"물론 말도 안 되는 공격이나 요구가 전무한 건 아니에요."

양미래는 고개를 절레절레 흔들었다.

"이 상황에서도 공격하는 사람들이 있다고?"

"네, 그나마 덜해졌다는 거지 완전히 사라진 건 아니더라고요."

노형진은 양미래의 말에 어쩔 수 없다는 듯 아쉬운 목소리로 말했다.

"이건 전쟁이지만 그 사람들의 사고방식이 바뀐 건 아니니까요."

'선생은 노예다. 그러니 내 마음대로 할 수 있다.'라는 생각이 바뀐 게 아니라 다른 표적이 생기면서 그쪽을 물어뜯느라 바빠 잠깐 내버려 두는 것뿐이다.

당연히 정도만 좀 덜해졌을 뿐, 아예 공격하지 않는 건 아니었다.

"그래도 최근에는 좀 줄었지?"

"네. 아무래도 저희가 그 확인서를 써 준 게 마음에 들었나 봐요."

확인서. 즉, 학교에서 문제아를 분류해 각 반에 배치하는 결정을 교장과 교감이 했다는 확인서였다.

"소송을 걸기는 해야 하는데 증거가 없었으니까요."

소송을 위해서는 무엇이든 증거가 필요하다.

물론 학부모 중에는 당연히 판사도 있고 검사도 있고 변호사도 있다. 그래서 서세영은 의아한 기색으로 고개를 갸웃거렸다.

"그게 꼭 필요했을까?"

아무리 생각해도 이해가 가지 않았으니까.

그러자 노형진이 서세영에게 추가로 설명을 해 주었다.

"물론 당연히 필요하지. 죄를 묻기에 애매한 건 사실이거든."

다른 학교도 다 그렇게 분류해서 반을 편성한다.

그렇게 하라고 명시된 규칙은 없지만, 그게 세상에 통용되는 상식이자 룰이다.

"변호사가 고소장을 만들어서 고소할 수는 있지. 검사가 죄를 만들어서 기소할 수도 있어. 판사가 1심에서 어느 정도 죄를 만들어 뒤집어씌울 수도 있겠지. 그런데 그게 2심까지 갈 수 있을까?"

그리고 3심은? 당연히 불가능하다.

아무리 사법부가 돈만 두둑하게 주면 없는 죄도 만들어 주는 곳이라고 해도 말이다.

"더군다나 이건 까딱 잘못하면 언론에서 달려들 수도 있는 건수거든.”

“대중적인 규칙이라는 거구나.”

그렇게 되면 죄를 만들어서 뒤집어씌울 수가 없다.

“그리고 판사가 아무리 썩었다고 해도, 증거도 없이 판단하는 건 불가능해.”

아무리 판사가 판단에 대한 권한이 있다고 해도 아무런 증거도 없이 살인이 의심된다는 이유로 죄를 인정할 수는 없다.

“살인 사건에도 비슷한 사례가 있잖아.”

“아, 그렇게 말하니까 바로 이해되네.”

과거에 이런 말이 있었다. 시체가 없으면 살인도 없다.

시체만 잘 처리하면 살인죄로 처벌받지 않는다는 뜻으로, 실제로 그렇게 생각되던 시절이 있었다.

그러나 지금은 아니다.

왜냐, 법이 일부 바뀌면서 살인을 거의 확신할 수 있는 수준의 간접증거가 있다면 살인죄로 처벌하기도 한다.

예를 들어 시체는 없지만 누가 봐도 사람이 죽었을 만한 출혈량을 증거하는 혈흔이나, 실종자의 피가 다량으로 묻은 도끼 같은 게 발견되면 강력한 살인의 증거로 인정되어 살인이 성립되기도 한다.

“하지만 이런 증거들의 가장 큰 문제는 그걸 해석하는 게 판사라는 거지.”

증거를 어떻게 해석할 것이냐, 그건 판사의 영역이다.

"선생님들의 증언서는 판사에게 해석의 권한을 준 거구나."

"맞아. 그리고 그 정도면 없는 죄를 만들어 내는 것은 일도 아니지."

만일 판사가 두둑하게 돈을 받았다?

그러면 다량의 혈흔이 100% 피해자의 피인지, 혹시 다른 짐승의 피를 섞은 건 아닌지 의심스럽다는 식으로 말할 수도 있다.

피가 묻은 도끼에 대해서도, 검사에게 피가 왜 묻어 있는지 무조건 입증하라고 하면 된다.

"판단의 근거를 줬으니까 잠깐은 봐준다는 거구나."

서세영은 이해가 간다는 듯 고개를 끄덕거렸다.

하지만 여전히 이해가 안 가는 부분이 있었다.

"그런데 오빠, 이런다고 뭐가 달라져? 지금은 교장과 교감을 어떻게 하느라고 신나서 학부모들이 선생님들을 공격하는 걸 멈췄을 뿐이지, 이 일이 끝나면 또 그 짓을 할 거 아냐?"

"맞아요. 지금 선생님들 중에 그만둔 사람이 한둘이 아니에요."

어떤 반은 선생님이 1년에 네 번이나 바뀌었다고 한다.

정규직이 없어서 계약직을 썼는데 학부모들이 집요하게 괴롭히는 통에 선생님들이 2개월도 버티지 못하고 나가떨어졌다고.

"지금이야 잠깐 조용하지만 앞으로도 그 짓을 그만둘 것 같지는 않은데."

서세영의 말에 노현아가 왠지 꺼림칙한 얼굴이 되었다.

"설마 너, 그 인간들의 자녀가 졸업해서 나갈 때까지만 버티면 된다고 생각하는 건 아니지?"

"아니지. 그럴 거였으면 그냥 누나한테 당장 이사하라고 했겠지."

"그건 그렇지."

"그리고 이게 일이 년 문제가 아니잖아?"

수십 년 동안 대성동은 하나의 권력으로 변질되었다.

"권력은 말이야, 자기를 부정하는 존재를 인정하지 않아."

가령 국회의원 중 누군가가 '국회의원은 국민을 위해 존재하며 국민에게 봉사해야 한다.'라고 주장하면 어떻게 될까?

물론 모두가 입을 모아 맞다고 할 것이다.

하지만 그건 진심이 아니라 쇼일 뿐이다.

그들의 본심은 '우리는 국민보다 상위에 있으며 국민이란 이용해 먹는 대상일 뿐이다.'에 더 가까울 거다.

그런데 누군가가 진심으로 국민에게 봉사한다고 한다?

그러면 그 사람은 국회의원들 사이에서 철저하게 고립된다. 아예 상대도 안 해 주고, 축출 대상이 된다.

다음 선거에서 공천도 못 받고, 설사 무소속으로 당선된다 해도 어디에도 속하지 못한다.

왜냐, 그는 권력을 부정했으니까.

국회의원이 실제로는 일반 국민 아래에 있다는 사실을, 다른 국회의원들이 인정하지 않기 때문이다.

"누나가 왜 고립당했겠어?"

"하긴, 그건 그러네."

노현아는 지극히 상식적인 선에서 문제를 제기했다.

그러나 그건 기존의 권력을 잡은 사람들에게 있어서 자신들의 권력을 부정하는 행동이다. 그러니 고립시키고 내쫓은 거다.

"초등학생 부모들도 마찬가지야."

자녀를 계속 낳지 않는 이상, 물론 갑질을 하던 부모는 아무리 길어 봐야 6년이면 이 학교를 떠날 거다.

그러나 그들은 권력화라는 문화, 아니 폐해를 이미 만들어 냈다.

멀쩡한 1학년 학부모가 들어오면 누구나 처음에는 반발할 거다.

하지만 그들의 선택지는 두 가지뿐이다.

반발하면서 무시당하든가, 아니면 마찬가지로 권력화되어 상위 학년의 부모를 빨아 주면서 권력층에 편입되든가.

그리고 일단 권력층에 편입되면 그 권력을 수호하기 위해 지랄 발광을 하기 시작한다.

"군대의 똥군기가 왜 생기겠어?"

군대는 학교보다 소속되는 기간도 짧다. 과거에 길었던 시절에도 3년이었고 지금은 1년 6개월로 줄었다.

그럼에도 불구하고 여전히 많은 곳에서 똥군기를 잡는 사례가 발생한다.

"지금의 대성 초등학교를 바꾸려 한다면 일반적인 방법으로는 안 되지."

"그 말은, 고칠 방법이 있다?"

"그게 가능한가요?"

피해자인 노현아와 양미래는 믿을 수가 없다는 얼굴이었다.

수십 년간 그런 학교의 현실을 고칠 방법이 없었다.

심지어 현 상황을 아는 교육감들조차도 어떻게 할 수가 없어서 그저 지켜보기만 하고 있었다.

그런데 고칠 방법이 있다니?

"물론 쉽지는 않을 거야. 하지만 방법이 없지는 않아. 물론 그 과정에서 피가 흐르겠지만. 어차피 악인의 피가 흐를 거니까 내 알 바 아니지."

"단순히 시선을 돌리는 게 아니고요?"

"부모들의 시선을 잠깐 돌린다고 해서 그들의 권력이 사라지는 것도 아니고, 그렇다고 그들이 개과천선하는 것도 아니잖아. 그러니까 방법은 하나뿐이야. 싸우는 거."

노형진은 피식 웃으며 말했다.

사실 시선을 돌려서 학교가 정상적으로 굴러가게 하는 것은 불가능하다.

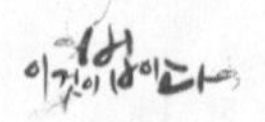

그걸 알기에 노형진은 몇 겹으로 함정을 팠고, 지금 대성 초등학교의 악질 부모들이 거기에 들어와 있었다.

"지금 대성 초등학교 부모들은 사방이 포위된 상태야."

"뭐?"

"내가 왜 교장과 교감을 끼워 넣었겠어? 단순히 그 두 사람이 미워서? 그럴 리가."

물론 교장과 교감이 한 짓거리를 보면 어이가 없다. 그들도 결국은 그 책임을 져야 한다.

"하지만 그렇게 함으로써 지금 학부모회는 전선이 두 개로 늘어났지."

"전선?"

"교장, 교감 측과 선생 측."

이 두 개는 학교라는 하나의 집단으로 묶인 것처럼 보이지만 사실은 구분되어 있다.

그간 학부모회는 선생님들을 집단적으로 두들겨 패기만 했다. 그게 가능했던 이유가 무엇일까?

"간단해. 교장과 교감이 그들의 편이었거든."

학부모들이 무슨 짓을 해도 교장과 교감은 선생들을 보호하지 않았다. 도리어 선생들을 희생양으로 삼아 자신만은 살아남으려고 발악했다.

"하지만 이제 교장과 교감이 죽게 생겼지."

"그렇지?"

"적의 적은 아군이라는 말이 있지."

"설마?"

"맞아. 교장과 교감은 자기편을 구해야 해."

심지어 교장과 교감은 다른 선생들의 몇 배에 달하는 온갖 공격을 당하고 있다.

선생님들은 자기 반의 진상 부모들에게만 공격당했지만, 교장과 교감은 전교의 진상 부모들에게 공격당하고 있으니까.

"아마 일부는 이미 교장, 교감의 집에까지 찾아갔을걸."

"에이, 설마."

서세영은 말도 안 된다는 듯 고개를 흔들었지만 양미래는 쓰게 웃었다.

"저희 집에도 찾아온 사람 있어요."

"헐."

"그러니까 지금 손을 내밀면 교장과 교감은 결국 우리와 손잡을 수밖에 없을 거야."

노형진은 자신 있게 말했다.

"자, 이제 반격해 보자고."

"왜…… 찾아오신 겁니까?"

박영애와 김종영은 눈동자가 흔들렸다.

자신들을 찾아온 노형진 때문이었다.

노형진이 나타난 후 모든 게 무너지고 자살 직전까지 몰렸다.

고소당하고 괴롭힘당하고, 심지어 집에 압류까지 걸렸다.

상식적으로 압류가 걸릴 수 없는 일이건만 그걸 결정하는 판사가 하필이면 학부모였기에 그들은 터무니없는 조건을 인정하고 가압류를 걸어 버렸다.

물론 그게 본압류까지 갈 수는 없겠지만, 그 행동만으로도 박영애와 김종영은 자살하고 싶어졌다.

그리고 그 모든 일의 뒤에는 노형진이 있었다.

"같이 싸우시죠."

"지금 뭐라는 겁니까?"

"사람을 가지고 노는 거요!"

박영애와 김종영은 분노할 수밖에 없었다.

왜냐, 이 모든 사달에는 노형진이라는 원인이 있었기 때문이다.

노형진이 기획 소송 피해자를 구하지만 않았어도, 자신들의 약점을 물고 늘어지지만 않았어도 이 꼴이 나지는 않았을 것이다.

그런데 이제 와서 같이 싸우자니?

"거절하신다면 저는 혼자 싸워도 됩니다. 각자 싸우는 것도 방법이죠."

노형진은 그렇게 말하면서 차갑게 웃었다.

“저는 저들이 뭐라고 지랄하든 눈도 깜짝하지 않을 겁니다. 남의 사건이니까. 하지만 두 분은 자살하지 않을 자신 있습니까? 얼마나 버티실 수 있을까요? 세 달? 아니면 두 달? 아니, 어쩌면 일주일…….”

그 말에 두 사람의 눈동자가 흔들렸다. 노형진의 말대로니까.

진짜로 매일매일이 지옥이었다.

자신들은 잘못한 게 없다. 하지만 부모들은 그들을 괴롭히면서 죽이려고 발악하는 느낌이었다.

“부모들은 자기들이 정당한 요구를 하고 있다고 확신합니다. 그리고 그런 사람들은 절대로 반성하지 않죠.”

반성을 하지 않으니 당연히 멈추지도 않는다.

“두 분이 자살한다고 해서 뭐가 달라질 것 같습니까? 그들이 아차 하고 물러설까요? 그럴 리가 없죠. 아실 텐데요?”

그들에게 있어서 선생님의 자살은 그저 한 명의 노예의 손실일 뿐이다. 그것도 정부에서 무한대로 공급해 주는 노예.

“그래서, 어쩌자는 겁니까?”

“그들이 원하는 대로 싸워야죠.”

“뭐로요? 우리는 뭘 가지고 이기라고요?”

이길 수가 없다. 그들은 사법 카르텔로 똘똘 뭉쳐 있다.

현직 판사, 그것도 중앙에 배치될 정도로 촉망받는 현직 판사의 아내를 수준이 안 맞는다면서 쫓아낼 정도로 말이다.

만일 박광석이 그때 발끈해서 달려들었다면 그의 미래조

차도 박살 낼 힘을 그들은 가지고 있다.

"그러니까 다른 방식으로 싸워야지요."

"어떻게요?"

"당신은 교장입니다."

노형진은 박영애를 바라보았다.

"그러니까 교장으로서의 무기를 써야지요."

"교장으로서의 무기?"

"네. 그걸 못 쓰겠다면 당신은 죽어야죠."

그 말에 박영애의 눈동자가 흔들렸다.

교장으로서의 무기. 그것에 대해서는 단 한 번도 생각해 본 적이 없으니까.

사실 이런 경우는 생각보다 많다.

사람들은 무기라는 걸 생각할 때 총이나 칼을 떠올리고, 사회적인 무기를 말할 때는 권력이나 돈을 떠올린다.

"하지만 당신이 가진 무기는 교육이죠."

"나보고 지금 아이들 인생을 망치라는 겁니까?"

"아니죠. 그럴 수는 없죠."

아이들은 아무것도 모른다.

물론 문제아들이 있겠지만 그래 봐야 고작 초등학생이다. 그 아이들의 인생을 벌써부터 박살 낼 이유는 없다.

"애초에 그 아이들의 인생을 망치는 건 선생님이 아니라 학부모 아닌가요?"

"……."

틀린 말은 아니다.

물론 모든 선생들이 다 착한 건 아니다.

실제로 모 집단은 아이들을 세뇌시켜서 자신들의 세력으로 만들려고 노력 중이고, 실제로 적지 않은 선생들이 거기에 속해서 말도 안 되는 피해망상을 머릿속에 박아 넣고 있다.

하지만 그런 극히 일부를 제외한 대부분의 선생님들은 아이들을 보호 대상이자 교육 대상으로 여긴다.

"웃기게도 지금 아이들을 무기로 사용하는 인간들은 학부모죠. 안 그렇습니까?"

"그건 그렇습니다."

그건 사실이다. 그들은 아이들을 무기 삼아 휘두르고 있다.

담임선생님의 죽음은 아이들에게 큰 충격이고, 정서적으로 좋을 수가 없다.

애초에 하루에 부모보다 더 많은 시간을 같이하던 존재가 담임선생님 아닌가?

하지만 부모들은 반성하고 후회하는 대신에 아이들을 볼모 삼아 '무능한 선생이 잘 죽었네.'라고 말했고, 그 빈자리에 다음 희생양을 빨리 채워 넣으라고 지랄 발광을 했다.

그 누구도 선생님의 죽음으로 아이가 받을 충격이나 고통에 대해서는 이야기하지 않았다.

"그들이 원하는 건 하나뿐이죠. 권력."

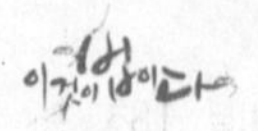

그리고 마음대로 할 수 있는 노예.

"그런데도 제가 대놓고 싸울 수 있다고요?"

"네."

일말의 망설임도 없는 노형진의 대답에 박영애의 눈동자가 흔들렸다.

단 한 번도 그런 생각은 해 본 적이 없었으니까.

"거절하신다면 전 돌아가겠습니다."

노형진은 자리에서 일어났다.

어차피 박영애와 김종영이 자살한다고 해서 노형진에게 손해는 없다. 누군가 그 역할을 대신할 사람과 협상하면 그만이다.

박영애도 그간 그런 생각을 기반으로 대응해 왔으니 노형진이 똑같이 행동한다고 해서 항의할 수도 없다.

"자…… 잠시만요!"

노형진이 일어나서 나가려고 하자 김종영이 다급하게 매달렸다. 그가 살 수 있는 방법은 하나뿐이니까.

"교장 선생님, 이건 유일한 기회일 겁니다."

"아뇨. 그래도……."

권력을 가진 자에게 저항한다는 것. 그건 두려움을 불러일으키는 일일 수밖에 없다.

그랬기에 박영애는 주저할 수밖에 없었다.

그런데 그런 그녀의 마음을 바꾼 건 설득이나 읍소가 아니었다.

"받아들이시지 않겠다면…… 이거 받아 주십시오."

"이건?"

"사직서입니다."

그 말에 박영애의 얼굴이 노래졌다.

"저는…… 저는 이제 더 이상 못 버팁니다. 제 아이들한테도 협박이 들어오고 있고."

"네?"

"제 아이도 고통받고 있단 말입니다."

교장, 교감이라고 해서 호호백발 할머니 할아버지가 아니다.

교장과 교감이 되기 위해서 필요한 건 오랜 경력과 승진 시험에서의 합격이다.

그러나 진짜 호호백발이 될 정도로 긴 시간을 들이지 않고 좀 더 빠른 방법으로 교장이나 교감 타이틀을 딸 방법이 없는 건 아니다.

법적으로 초등학교 교감이 되기 위해서는 초등학교 1급 정교사 자격증 또는 보건교사 1급 자격증을 보유하고 3년 이상의 교육 경력을 갖추고 있으며 재교육을 받아야 한다.

아니면 초등학교 정교사 2급 이상 자격증이나 보건교사 2급 자격증을 보유하고 6년 이상의 경력을 갖추고 재교육을 받든가.

그런데 초등학교 1급 정교사가 되기 위해서는 초등학교 2

급 정교사 자격증을 따고 3년 이상 경험을 쌓아야 한다. 물론 시험은 따로 봐야 하지만.

그리고 초등학교 2급 정교사는 교육대나 사범대를 졸업한 사람이다.

그렇기 때문에 누군가 '나는 교장이나 교감이 될 거야!'라고 결심하고 매달린다면 시험 자체는 최소 6~7년 만에 붙을 수 있다.

하지만 시험에 합격하고 경력을 쌓고 재교육을 받는 것으로 끝이 아니다. 그 후에 교감으로 발령받는 건 다른 문제다.

워낙 학교가 줄어들어서 소위 말하는 인사 정체 상황이니까.

그렇기에 일반적으로 교감이 되기 위해서는 20년 정도의 경력이 있어야 한다고 보는 게 일반적이다.

하지만 교사 생활 중에 장학사 경력이 있다면 아주 높은 확률로 그 기간을 단축할 수 있다.

그렇기에 상황에 따라 다르지만 운이 좋으면 40대 초반에 교감이 되는 것도 불가능한 건 아니다.

그리고 김종영이 딱 그런 스타일이었다.

40대 초반. 교장이라는 목표를 위해 지금껏 달려 대성 초등학교의 교감이 되었다.

교장인 박영애와 다르게 그는 정치적 목적이 아닌 빠른 승진을 위해 대성 초등학교에 온 거다.

누구도 오지 않으려 하는 곳이기에 그만큼 빠르게 교감으로서의 커리어를 쌓을 수 있기 때문에.

만일 다른 학교에 가려고 했다면 아직 교감을 달지 못했을 테지만 이곳은 오려는 사람이 없기에 자리가 나서 빨리 올 수 있었던 것.

"그런데 제 아이를 건드릴 줄은 몰랐습니다."

자신만 공격당했다면 꽤 오래 참을 수 있었을 것이다. 하지만 이 젊은 교감의 자녀는 고작 중학생.

"중학생을 건드렸다고요?"

"네."

"설마요!"

노형진은 설마 하는 박영애의 말에 고개를 흔들었다.

"이 아이들이 초등학교 졸업 후에 어디로 갈 것 같습니까?"

당연히 중학교다. 그리고 그 인맥이 끊어질까?

"애석하게도 아닙니다."

왜냐, 이 집단은 단순히 누군가를 괴롭히기 위해 만들어진 것이 아니기 때문이다.

그들은 자녀의 학업이라는 목적을 위해 만들어진 집단이다.

"그리고 그들에게 있어서 권력은 하나의 공고화 수단이죠."

아이가 초등학교를 졸업했다고 해서 바로 연이 끊어질까?

아니다. 먼저 중학교에 간 아이들의 부모와 연이 닿으면서 다시 한번 중학교 학업이라는 과정으로 서로 연결된다.

"그게 언제까지 갈 것 같습니까? 애초에 그들에게 있어서

이 대성동이 어떤 세계인 것 같습니까?"

초등학교에서 중학교, 고등학교까지 선행학습을 한 선배들의 정보는 더더욱 중요해지고 또한 그 과정에서 결속은 더더욱 강해진다.

"그러면 졸업하면 끝일 것 같습니까? 아니죠."

아니다. 그들은 대성동 밖에 있는 사람들을 패배자 또는 하등 국민 취급한다.

그렇다면 그들은 서로의 짝을 어디에서 찾으려 할까?

"실제로 거기에서 속한 사람들은 자신의 짝을 똑같은 수준에서 찾기 시작하죠."

그렇게 그들이 결혼하면 자리 잡는 곳은 당연히 대성동일 수밖에 없다. 그리고 대성동에서 하나의 권력이 다시 자라나는 거다.

"토착화 권력이라는 건 그렇게 자라나는 겁니다."

그 말에 박영애는 얼굴이 노래졌다.

참으면 끝날 줄 알았다. 그냥 인내하면 될 거라 생각했다.

그런데 그게 끝이 아니란다.

"죽는 순간까지 교장님을 물어뜯을 겁니다."

교감인 김종영은 그걸 안 거다.

그리고 그가 살 수 있는 방법은 그들을 무너트리든가 모든 걸 포기하고 때려치우는 것뿐이다.

"김종영 교감 선생님이 그만두면 공격은 박영애 교장 선생님에게 모조리 쏠리겠군요."

당연하게도 그 과정에서 그녀의 가족도 공격 대상이 될 거다.

교감의 자녀가 공격당한 것은 단순히 그가 교감이라서가 아니라 아이가 학생이기에 쉽게 드러났기 때문이다.

"그 인간들이 과연 교장 선생님의 자녀는 못 찾을까요?"

그 말에 박영애는 아무런 말도 못 했다.

그리고 알 수밖에 없었다, 자신에게는 선택지가 없다는 걸.

"어떻게 해야 합니까? 뭘 해야…… 하죠?"

"일단은……."

노형진은 씩 하고 웃었다.

"교장 선생님의 무기를 휘둘러야지요, 후후후."

교육이라는 무기

선생들은 노예고 대성동 밖의 인간들은 사람이 아닌 가축 수준으로 생각하는 소수의 사람들이 있다.

자신들이 권력자 또는 한국의 핵심 인력이라고 생각하는, 그래서 자신들이 한국을 지배한다고 생각하는 사람들이다.

물론 사람들이 보기에 그건 개소리다.

진짜 세상을 지배하는 상위 0.0001%에게는 웃기지도 않는 소리지만 그들은 그렇게 믿고 있고, 그래서 자기 아래에서 일하는 사람들은 당연히 저항하지 못한다고 생각한다.

"하지만 보통 저항을 안 하는 거지, 못 하지는 않지."

노형진은 서류를 바라보면서 미소 지었다.

"저항을 안 하는 것과 못 하는 건 아주 달라."

대성동 학부모회?

그들이 가진 권력은 그저 극히 일부일 뿐이다. 그렇기에 사회적으로 저항할 수단도 있다.

"과거 절대왕정에서도 왕을 끌어내려서 목을 잘라 버린 게 인간이야."

한국만 해도 탄핵이라는 이름으로 대통령을 끌어내린 적도 있다.

그런데 저항을 못 할 거라고 생각하는 건 멍청한 짓이다.

"그럼에도 저항하지 않는 건, 합법적인 영역에서 방법을 찾지 못했기 때문이지."

그 말을 잠자코 듣고 있던 서세영이 뭔가 생각난 듯 말했다.

"오빠가 말한 그거야? 뭐였더라, 준법투쟁?"

"맞아. 때때로 준법투쟁이 권력자들에게는 더 큰 피해로 다가오거든."

권력자들에게 법이란 무기다. 그렇기에 그 법이라는 무기를 휘둘러 약자를 괴롭힌다.

하지만 반대로 법에 대해 잘 아는 사람들이 약자에게 붙으면? 당연히 싸움은 해볼 만해진다.

"가령 이 서류처럼 말이지."

노형진은 서류를 흔들었다.

"이 정도면 교장이 충분히 무기로 쓸 만하지."

노형진이 들고 있는 서류는 다름 아닌 휴직계였다. 그것도 학교 선생님들의 휴직계.

그간 학교 선생님들은 일부 학부모들의 공격에 저항하지 못했다. 당연히 그 과정에서 우울증과 자존감 하락 등 심각한 정신적인 문제를 겪었다.

"휴직계는 진짜로 생각도 못 했는데."

서세영은 혀를 내둘렀다.

"휴직계를 승인하는 건 교장의 권한이지."

학교는 군대와 다르다.

군대에는 최소 대기 비율이라는 게 있어서 휴가를 가든 외출을 하든 밖으로 나가는 사람들의 숫자가 극도로 제한된다.

그랬기에 법에서 규정된 휴가도 챙기지 못하고 제대하는 사람도 많다.

인원이 부족한 경우 그 비율을 맞추려면 내보내지 않는 수밖에 없으니까.

하지만 학교에는 그런 규정이 없다.

"보통 이런 건 학교장의 재량으로 판단하기 마련이지."

하지만 그간 박영애와 김종영은 단 한 번도 이 휴직계를 인정하지 않았다.

왜냐, 선생들을 제물 삼아 자기들이 살아왔기 때문이다.

"그렇지만 이제는 상황이 달라졌지. 자기들이 살아야 하거든."

노형진은 손에 뭉텅이로 들린 휴직계를 흔들며 말했다.

"자, 가자고."

노형진은 서세영을 데리고 교장실로 향했다.

그곳에는 박영애가 잔뜩 굳은 얼굴로 기다리고 있었다.

"오래 기다리셨습니다."

"아니에요. 그런데 진짜로 제가 이걸 승인하면 공격이 멈추나요?"

"물론 잠깐 쏠릴 수는 있죠. 하지만 장기적으로는 멈출 겁니다."

"장기적으로는……."

그 말에 박영애는 결심했다.

그간 떠넘기다시피 해 와서 몰랐지만 한번 제대로 공격당하고 나니 이건 아무리 봐도 자살 말고는 답이 없었던 것이다.

"승인하겠습니다."

"좋습니다."

노형진은 서류철을 내놓으며 말했다.

"이제 반격을 시작하도록 하지요."

그 말에 박영애는 자신의 직인을 들었다. 그러고는 휴직계 하나하나에 꾸욱 하고 도장을 찍기 시작했다.

병가로 인한 휴직계에 한계란 없다. 법적으로 환자에게 병가를 주는 건 당연한 거다.

그러나 단 한 번도 그게 문제 된 적은 없었다. 누구도 일정 수준 이상의 휴직계는 인정하지 않기 때문이다.

그랬기에 대성 초등학교 사태는 모두에게 충격을 줬다.

"선생님이 휴직이라고?"

"이게 뭔 소리예요?"

대성 초등학교 홈페이지에 올라온 글.

그건 단순히 어느 선생님이 휴직한다는 간단한 이야기가 아니었다.

"우리 반 선생님이 왜?"

"아니, 승주 엄마네 반 문제만이 아니에요!"

학교 선생님의 3분의 2가 휴직계를 제출했다.

사실상 계약직을 빼고는 모조리 휴직계를 제출한 것이다.

그러자 당장 눈이 돌아간 건 다름 아닌 학부모들이었다.

"이게 어떻게 된 거예요?"

"일부 학부모들의 갑질로 선생님들이 정신과 치료를 받느라 휴직한다니!"

과연 대성 초등학교의 모든 학부모가 갑질로 권력을 쥐고 선생님들을 노예 취급할까?

아니다. 그건 극히 일부로, 많아 봐야 20% 정도나 될까 말까다.

다만 그들이 소수의 선생님들을 지독하게 괴롭힌 탓에 사태가 눈덩이처럼 커진 거다.

그런데 그들로 인해 선생님의 3분의 2가 휴직한다?

그러면 이건 20%가 아니라 모든 학부모의 문제가 되는 거다.

"여보, 아무래도 가 봐야겠어요."

"이게 뭔 일이야."

선생님이 휴직을 한다는 것은 단순히 쉬는 개념의 문제가 아니다.

그 선생님이 쉬면 아이들은 새로운 선생님에게 적응해야 하고, 따라가던 커리큘럼도 뒤죽박죽이 된다.

당연하게도 자녀의 인생을 주 단위로 컨트롤하려고 하는 학구열 넘치는 대성동의 학부모들에게는 날벼락도 이런 날벼락이 없었다.

"중원이 엄마? 난데, 아무래도 내일 학교에 가 봐야 할 것 같아요. 이게 대체 뭔 일이래?"

알림장과 홈페이지를 통해 알려진 선생님들의 휴직.

그리고 그건 학부모들에게 큰 파란을 일으키고 있었다.

당연히 다음 날 학교에는 학부모들이 우르르 몰려왔다.

그것도 수십 명 수준이 아니라 수백 명 정도의 숫자였다.

교장인 박영애와 교감인 김종영이 핸드폰을 꺼 두고 어떤

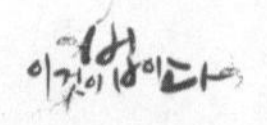

연락도 받지 않았던 것이다.

당연히 똥줄이 타는 학부모들은 당장 학교로 달려올 수밖에 없었다.

그리고 그건 노형진이 노린 바였다.

수백 명의 학부모가 모인 강당.

그곳에서 박영애는 학부모들과 만났다. 워낙 많은 숫자가 몰려들었기에 교장실에서 볼 수가 없었다.

"교장 선생님, 이게 무슨 일이에요!"

누군가의 뾰족한 목소리.

그러자 박영애가 진땀을 흘리며 답했다.

"보다시피 저희 학교 선생님의 상당수가 휴직계를 제출했습니다."

"그걸 누가 몰라서 물어요? 이걸 왜 승인했느냐고요!"

"맞아요. 왜 승인한 겁니까!"

화내는 학부모들.

그 모습을, 뒤에서 관계자인 척 숨은 채로 지켜보던 노형진은 혀를 끌끌 찼다.

'이럴 줄 알았지.'

직접 가혹행위를 하지 않았다고 해서 그들이 선한 사람일까?

애석하게도 아니다. 그들은 그저 방관자일 뿐이다.

선생님이 자살했다. 그리고 그걸 학교에서 알렸다.

같은 이유로 대다수의 선생님들이 휴직계를 냈다. 그리고 그걸 학교에서 알렸다.

그런데 누구도 '선생님들은 괜찮습니까?'라고 묻지 않는다. 그 대신에 '왜 이딴 걸 허락했느냐.'라며 싸운다.

"예상은 했지만 너무하네."

서세영도 따지는 학부모들을 보면서 혀를 내둘렀다.

"결국 지역의 문화가 있으니까."

노골적인 갑질은 하지 않아도 그런 기류에 편승해 자신들의 이득을 챙기려는 사람들은 있기 마련이다.

아니, 살다 보면 사실 세상의 80% 이상은 그런 인간이다.

세상에 대해 나쁘게 말하는 10%와 세상을 좋게 고치려 하는 10%.

그리고 나머지 80%는 그중에서 자신에게 이득이 되는 사람들에게 들러붙는다.

"그리고 이제 이득이 바뀌었지."

그간 공격하던 갑질 부모에게 붙어서 선생들을 쥐어짜는데 만족하던 인간들이, 이제 그들 때문에 자신들이 짜 둔 커리큘럼이 망가지는 걸 목도하고 있다.

"어쩔 수 없습니다. 다들 아시겠지만 얼마 전 저희 학교에서 선생님의 자살 사건이 있었습니다. 그래서 대부분의 선생님들이 심각한 우울 증세를 보이고 있습니다. 추가적인 자살을 막기 위해서라도, 교장으로서 저는 선생님들의 심신의 건강을 위해 휴직을 인정할 수밖에 없었습니다."

"아니, 그걸 왜 당신이 결정해!"

"그건 제 권한입니다."

노형진이 말한 교장의 무기.

그건 다름 아닌 휴직을 승인해 줄 수 있는 권한이었다.

물론 일반적으로 이렇게 대량의 휴직계를 한꺼번에 승인해 주지는 않는다. 하지만 지금은 상황이 상황이니까.

"현시점에서 선생님의 추가적인 자살은 학교와 학생들의 미래를 위해 좋지 않으니까요."

"그러면 빈자리는 어쩌라고요!"

"채워야 할 거 아냐!"

악을 쓰는 사람도 있고 무조건 해결하라고 고래고래 소리 지르는 사람도 있었다.

그때 그 사이에서 상황을 보다 못한 한 여자가 소리를 질렀다.

"그만! 잠깐, 그만해 봐요!"

"당신 뭐야!"

"저, 저기 메가스타 학원장입니다."

그 말에 순간 침묵이 흘렀다.

메가스타 학원은 이 지역에서 유명한 학원이다.

그리고 학원장은 입시 관련 정보를 가장 많이 쥐고 있는 사람 중 한 명이었다.

그래서 메가스타는 모두가 다니고 싶어 하며, 시험을 치러

야만 들어갈 수 있는 학원으로 유명했다.

그리고 대성동은 입시 관련 정보를 쥔 자가 왕이었다.

"원장님이 여기는 왜?"

"제 손녀가 이 학교에 다녀요."

그걸 본 박영애는 어이가 없어졌다.

하지만 학원장도 한 명의 교육자로서 상황이 심상치 않다는 걸 느끼고 찾아온 것이었다.

"교장 선생님, 그러면 이 선생님들이 모두 심각한 자살 징후를 보이고 있다는 겁니까?"

"그렇습니다."

물론 그건 아니다. 하지만 그렇게 받아들이는 건 결국 개인의 판단이다.

"그건 내 알 바 아니고!"

학부모 한 명이 다시 한번 소리를 질렀다.

그러자 원장이 그런 학부모를 말렸다.

"당신은 알 바 아니겠지만 당신 자녀 앞에서 선생님이 자살하면 평생 트라우마로 남을 텐데 그때도 알 바 아닐까요?"

"뭐라고요?"

"그리고 그게 당신 때문이라는 걸 알면 교육에 악영향이 크게 미칠 텐데요?"

그 말에 소리를 지른 학부모가 슬며시 뒤로 물러났다.

"항의하기 전에 일단 차분하게 이야기를 듣고 싶네요."

당연히 항의만 하느라 교장의 말을 제대로 듣지는 못한 상황.

"감사합니다."

메가스타 원장 덕에 생겨난 틈을 타 교장은 상황을 설명했다.

그리고 교장의 말을 들을수록 메가스타 원장의 눈은 점점 찡그러졌다.

"그러면 그 빈자리는 어떻게 채우실 겁니까?"

"일단 계약직 공고를 급하게 냈습니다만……."

"채울 수 있겠습니까?"

"그게, 쉽지 않습니다."

"어째서요?"

"학교의 악명이 너무 높아서요."

계약직으로 들어온다고 정규직으로 전환되는 것도 아니다.

휴직인 이상 시간이 지나서 정규 선생님들이 복직하면 모가지행이다.

그런데 대성 초등학교는 악명이 높아도 너무 높았다.

"저희도 어떻게든 구하려고 노력하고 있습니다만……."

물론 모르고 지원하는 사람들이 없는 건 아니니까 시간만 충분하다면 메꿀 수는 있을 거다.

문제는 그 시간이다.

아무리 빨리 구한다고 해도 3주는 걸릴 테니, 학교 커리큘럼으로 보면 거의 한 달의 시간을 빼야 한다.

보통은 주별로, 심하면 일별로 교정 일정을 짜 두는 부모들 입장에서는 미치고 팔짝 뛸 문제였다.

"아니, 우리 애들을 실력도 없는 계약직 따위가 가르치게 하겠다고?"

그리고 문제는 단순히 그것만이 아니었다.

정규직 선생님들도 노예 취급하면서 지랄하던 갑질 부모에게 있어서 계약직은 당연히 말도 안 되고 용납할 수 없는 존재였다.

"맞아요!"

"이건 교장이 해결해야 할 문제죠!"

언제나 그렇다.

문제가 생기면 떠넘긴다. 그리고 괴롭힌다.

상대방은 그걸 해결하기 위해 몸부림친다. 그러다가 죽는다.

그게 언제나 먹혀 왔다. 그러나 이번만은 달랐다.

"죄송합니다만, 안 됩니다."

"네?"

"불만이 있으신 분들은 전학 과정을 밟게 해 드리겠습니다. 하지만 이미 휴직하신 분들을, 자살할 가능성을 알고도 불러올 수는 없습니다."

"아니, 어디 교장 따위가!"

"그러면 여러분이 책임질 수 있습니까? 선생님들에 대한 사과와 반성 그리고 손해배상과 치료비를 제공하신다면 제가 자리를 만들어 보겠습니다."

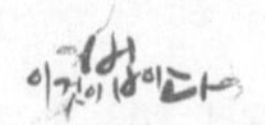

"우리가 왜 책임져!"

"어이가 없네?"

"이러니까 선생질이나 하고 있지!"

"그러면 저는 추가적인 피해를 막기 위해서라도 선생님들을 불러오지 못합니다."

"야! 너 인생 조지고 싶어!"

당연히 갑질 부모들은 지랄 발광을 해 댔다. 지금까지 언제나 그래 왔으니까.

하지만 그들이 모르는 게 있었다.

그간 그들이 갑질을 할 수 있었던 것은 주변의 학부모들이 모른 척했기 때문이다.

지금까지 다른 학부모들은 그들이 뭐라고 하든 신경 쓰지 않았다.

사실 이렇게 갑질을 하는 부모는 극소수다.

왜냐, 대성동은 절대로 싼 동네가 아니다.

자수성가한 부모라고 할지라도 자가가 아닌 이상에야 막대한 생활비를 지출해야 하는데, 심지어 전세나 월세로 살고 있다면 그 이자와 월세만으로도 등골이 휘는 수준이었다.

그런데 그런 사람들이 어떻게 학부모회에 참석해서 느긋하게 갑질이나 하고 있겠는가?

당연히 대부분은 학교에서 뭔 일이 있든 신경 쓰지 않았다. 그저 방관자로서, 학교에서 선생님이 죽어도 남의 일이라 생각했을 뿐.

그러나 언제까지 그럴 수 있을까?

"보자 보자 하니 너무하네요."

먼저 입을 연 것은 다름 아닌 학원장이었다.

학교 선생님은 아니지만 수십 년을 학원을 운영한 교육자로서, 그것도 이 대성동에서 가장 유명한 학원을 운영하는 사람으로서 지금 이 상황을 모르는 바가 아니었으니까.

"뭐라고?"

자기 어머니뻘 사람에게 반말로 응수하는 학부모 한 명.

하지만 학원장은 당당했다. 왜냐, 어차피 자신을 건드리지는 못한다는 걸 아니까.

"내가 왜 메가스타 학원의 지점을 안 내는지 알아요? 당신 같은 사람 때문입니다."

메가스타 학원은 대성동에서도 유명한 입시학원이다. 그런 학원의 지점을 낸다면 아마 막대한 돈을 벌 수 있을 거다.

하지만 여전히 메가스타 학원은 지점도 내지 않고 테스트 과정을 거쳐 소수의 학생들만 선발하여 가르친다.

돈을 벌기 싫어서 그러는 게 아니다. 최소한 쓰레기를 학원에 들여놓기 싫어서다.

그녀는 오랜 경험상 누구보다 잘 안다, 쓰레기가 옆에 있으면 몽땅 썩어 문드러진다는 걸.

돈이 아쉬워서 쓰레기 같은 부모의 자식을 받는 순간 제대

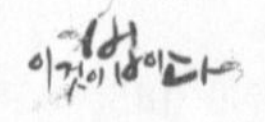

로 성장할 수 있는 다수까지 썩어 문드러진다는 걸.

당연히 메가스타 학원에서 보는 시험에는 성적뿐만 아니라 은밀하게 부모나 학생의 인성에 대해 판단하는 것도 섞여 있었다.

"고작 학원장 따위가 어디서 망발이야, 망발이!"

분명 자기 어머니뻘인 걸 알면서도 망발이라는 소리를 하면서 지랄하는 학부모.

그런데 그 모습에 일부 사람들의 눈이 커졌다.

단순히 메가스타가 유명하니 학원장을 존중해서?

아니다. 물론 그것도 아주 큰 영향이 있겠지만, 거기에는 한 가지 비밀이 숨겨져 있다.

대성동은 입시 학원뿐만 아니라 미술 학원, 논술 학원, 영어 학원 등 온갖 학원만 백 곳이 넘는 거대한 학군이다.

대성동 자체가 서울 최고 학군이다 보니 주변 학교의 학생들도 대성동의 학원에 다닌다.

그런 치열한 학원 간의 전쟁터에서 단순히 잘 가르치는 것만으로는 살아남을 수 없다.

그렇기에 학원장의 비밀을 알고 있는 소수가, 발광하는 학부모의 모습에 기겁한 것이다.

"망발? 하!"

아니나 다를까, 원장의 얼굴에 분노가 서렸다.

이 동네에 자신에게 이런 막말을 할 만한 사람이 남아 있을 줄은 몰랐으니까.

"사과하세요."

"뭐? 사과?"

"이 모든 게 당신 같은 사람들이 저지른 일의 결과잖아요! 당신들이 선생님을 괴롭혔고, 그래서 터진 일이라고 분명히 들었잖아요? 그런데 사과 안 하세요? 사과만 하신다면 모든 일은 덮고 넘어가겠습니다."

본인의 자존심보다는 손녀의 공부가 먼저이기에 원장은 냉철하게 말했다.

그러나 세상 물정 모르는 학부모들에게 그건 도리어 역린을 건드리는 꼴이었다.

"이 세상 물정 모르는 노친네가 뭐라는 거야!"

"학원이 좀 잘나가니까 세상이 참 만만해 보이나 보네? 교도소로 보내 줄까!"

도리어 언성을 높이는 그들.

그리고 원장은 그들을 바라보며 눈을 번뜩였다.

"후회하게 해 드리죠."

"해 봐. 해 보라고! 어디 학원 원장이나 하는 나부랭이가, 사과? 하!"

그 모습을 보면서 몇몇은 고개를 절레절레 흔들었다.

그리고 좀 떨어진 곳에서 호기심에 찬 눈을 빛내며 노형진이 웃고 있었다.

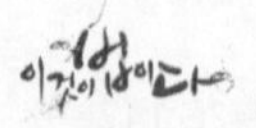

"호오, 빙고."
"오빠가 원한 대로 된 거네?"
"맞아. 그리고 이제 서로 물어뜯을 시간이야, 후후후."

⚖

기자라는 족속은 갈등을 먹고산다.
그러니 한국 최대의 학군이자 최고의 학군에서 벌어진 사건에 대해 관심을 보이지 않을 리가 없었다.
"더군다나 적극적으로 밀어주는 사람이 있다면 말이지."
"설마 오빠?"
"아니, 난 아니야. 그 학원장이겠지."
"그 사람이 그렇게 대단한 사람이야? 난 전혀 몰랐어."
"나도 몰랐어. 다만 내분을 유도한 건 사실이지."
조용히 입 닫치고 있던 놈들도 자신들이 피해를 입으면 더는 참지 않는다.
하물며 서로 밟고 올라가야 하는 대성동에서는 더더욱 그럴 거다.
"그 학원장이 아니라 하더라도 이슈화되는 건 피할 수 없어. 대성동 주변에 언론사가 몇 개인데."
"아아~."
당연히 학부모 중에는 언론사 기자도 있을 거다.

"우리가 기사화해 달라고 요청했다면 아마 똘똘 뭉쳐서 덮었겠지."

학군이 상한다고, 자기들의 명예가 사라진다면서 말이다.

"하지만 상황이 바뀌었거든."

학군이고 나발이고, 선생님들이 통째로 사라졌다.

일부 계약직 선생님들은 여전히 남았지만 갑질의 방향이 바뀌자 빠르게 사표를 내고 사라진 이들도 꽤 되었다.

당연히 남은 사람들에게 엄청난 업무가 몰아쳤다.

"지금 각 반의 인원이 확 늘었거든."

선생님이 줄었다고 해서 수업을 안 할 수는 없다.

전체 선생님의 3분의 2가 휴직하고, 계약직 일부가 괴롭힘 때문에 또다시 그만뒀다.

그렇다 보니 명문 초등학교라 불리던 대성 초등학교는 한 반에 다른 반 학생들까지 임시로 분류해야 했다.

"한 반에 쉰 명이라니, 실화야? 내가 졸업할 때도 이 정도는 아니었는데."

세서영은 혀를 내둘렀다.

원래 한 반에 열두 명 정도 되던 초등학교가, 남은 선생님들에게 학생을 분배하다 보니 1990년대처럼 한 반이 쉰 명인 학교가 되어 버렸다.

"그럴 거야. 더군다나 더 늘어날 수도 있지. 이렇게 뉴스까지 나왔으니까."

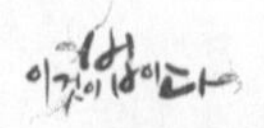

노형진은 그렇게 말하면서 테이블 위의 신문을 톡톡 두들겼다.

신문 일면에 대문짝만 하게 박혀 있는 헤드라인.

대성 초등학교 선생님 자살 사건, 학부모의 괴롭힘 때문?

"그 학원장이라는 사람이 생각보다 파워가 있나 보네."

"당연하지. 대성동에서 그 정도 학원을 유지하는 게 쉬운 일인 줄 알아?"

어느 정도 선이 있는 게 아니라면 절대로 그런 학원을 유지할 수가 없다.

"그리고 보다시피 우물 안 개구리들은 자기들이 아는 세상이 전부라고 생각하지."

대성동에서 자기들이 왕이니까 왕으로서 뭐든 해도 된다고 생각했겠지만, 애석하게도 그건 아니다.

도리어 그들은 우물 안에서만 살았기에 진짜 위험한 세상이 어떤지 몰랐다.

"이제 답은 나온 거지."

언론은 그 지역의 갑질을 하던 부모들을 신나게 물어뜯고 있다.

그들을 공격하고 신상을 캐내며 학원장의 복수를 하고 있었다.

"아직은 드러나지 않았지만."

아마 지금쯤 그들은 "어? 이게 아닌데?"라고 생각할지도 모른다. 실제로 그렇기도 하고.

하지만 이제 와서 "죄송합니다."라는 말로 퉁칠 수는 없다.

"자, 그러면 이제 2차전을 시작해야지."

"2차전?"

"그래. 내가 말했잖아, 이건 단순히 그 사람들을 쫓아내는 걸로 끝나는 일이 아니라고."

잠깐 그들에게 창피를 줘서 쫓아낼 수는 있다.

하지만 그런다고 해도 이미 공고화된 대성동 학부모회라는 조직을 무너트리기에는 한계가 명확하다.

"그러니까 그들이 죽어라 싸우게 해야지."

노형진은 피식 웃으며 말했다.

"이간질은 내가 가장 잘하는 것 중 하나거든, 후후후."

⚖

언론에서 사정없이 갑질 학부모들을 물어뜯고 있을 때 노형진은 새로운 방식으로 분란을 만들 생각이었다.

그리고 그런 노형진의 말에 박영애와 김종영은 자신의 귀를 의심했다.

"네? 원하는 대로 해 주자고요?"

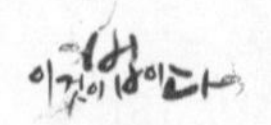

"네, 그래야죠."
"하지만……."
"저한테 의뢰한 게 학교의 정상화 아니었습니까?"
그 말에 박영애는 아무런 말도 못 했다. 그 말이 사실이니까.
아무리 그녀가 권력 한 줌을 노리고 학교에 왔고 선생들을 미끼로 내밀었다 해도, 교육자로서의 본분까지 잃어버린 건 아니었다.
더군다나 중학교, 고등학교도 아닌 초등학교다.
"요즘 같은 시대에 한 반에 쉰 명씩 몰아넣는 건 정상이 아니죠. 이 상황을 오래 방치할 수는 없습니다."
선생님이 아무리 노력해도 한꺼번에 쉰 명을 컨트롤하는 건 무리다.
아예 과거 한 반에 예순 명, 일흔 명이던 시절의 선생님이라면 모를까, 요즘 선생님들은 한 반에 열다섯 명도 많다고 생각한다.
"더군다나 그 사람들도 버틸 수 있는 한계가 있고요. 설마 계약직이니까 갈아 넣어도 된다고 생각하시는 건 아니죠?"
"아닙니다. 절대로 아닙니다. 다만 당황스러워서 그래요."
박영애는 기겁하면서 손을 흔들었다.
당해 보니 알겠다. 수십 명의 학부모들에게 집단 린치를 당하면 그냥 죽고 싶다는 생각밖에 안 든다는 것을.
"하지만 그래도 그건 좀……."

김종영은 뭔가 떨떠름한 얼굴이 되었다.

“왜요? 학부모들이 가장 격렬하게 요구하는 거 아닌가요? 지금 소송 중인 것으로 알고 있는데요.”

“그렇죠.”

노형진은 미끼를 던졌을 뿐, 실제로 그걸 낚아챈 것은 대성 초등학교에 다니는 아이가 있는 변호사들이었다.

그들이 학부모 협의회라는 곳을 만들어서 소송을 시작했기에 노형진이 굳이 소송할 이유가 없었다.

“그 소송을 굳이 끌고 갈 이유가 없죠.”

“하지만 그러면 애들의 미래가…….”

“글쎄요. 그걸 걱정해야 하는 건 우리가 아니라 부모들 아닙니까?”

“네?”

노형진의 잔인한 말에 박영애와 김종영의 눈이 커졌다.

하지만 노형진은 단호했다.

“옛날에는 사람을 볼 때 집안을 많이 신경 썼죠. 그런데 그 이유가 단순히 돈이 많은지 적은지, 그런 것 때문이었습니까?”

“아니……었죠.”

“예절과 인성은 부모가 책임져야 하는 영역입니다.”

물론 학교에서도 방치할 영역은 아니다.

하지만 초등학교 저학년 나이라면, 아이의 인성과 행동은 절대적으로 부모의 영향을 받은 결과물이라고 볼 수 있다.

초등학생 때는 학교에 있는 시간보다 부모와 같이 있는 시간이 더 기니까.

"그나마 중학생, 고등학생이라면 이해라도 합니다."

그때는 애들도 머리가 커서 말도 안 듣기 시작하고 집에 있는 시간보다 학교에 있는 시간이 슬슬 더 길어지는 시점이다.

당연히 그 시점에는 학교에서 인성 교육에 더욱 신경 써야 한다.

"하지만 초등학교는 아니죠."

초등학교는 인성도 배우지만 동시에 사회에 대한 적응 코스이기도 하다.

"지금 그걸 박살 내고 있는 건 부모들입니다. 그런데 왜 그들을 위해 피해자를 만들어야 하죠?"

노형진의 말에 박영애도, 김종영도 아무런 대꾸 하지 못했다.

그건 교육자라면 누구나 가지고 있는 고민이니까.

아이들을 버릴 수는 없다.

하지만 그것과 별개로, 질이 안 좋은 아이들이 주변에 악질적인 영향을 미치는 건 사실이다.

버리고 가자니 그 아이가 불쌍하고, 데려가자니 주변에 악영향을 끼친다.

"그리고 솔직히 말하죠. 한국에서 아이에 대한 인성 교육이 가능합니까? 아니, 이 대성동에서 가능합니까? 해 보셔서 알 텐데요?"

"후우~."

그 말에 박영애와 김종영은 동시에 한숨을 내쉴 수밖에 없었다.

왜냐하면 이상적인 부분이나 교육학적인 부분을 넘어서 방금 노형진이 한 말은 현실적으로 완벽하게 불가능한 일이기 때문이다.

"제가 듣기로는 장난 아니던데요."

"장난 아니긴 하죠."

학교에서는, 최소한 여기 대성 초등학교에서는 인성 교육이 불가능하다.

왜냐? 인성 교육 자체를 부모들이 반대하기 때문이다.

"숙제를 내줬다는 이유로 아동 학대로 고소당한 분도 있으시다던데."

"네, 맞아요."

인성 교육이란 뭔가? 좋은 것만 보여 주고 예쁘다 예쁘다 하는 것?

아니다. 인성 교육이란 사회를 살아가는 사람이 갖춰야 할 됨됨이나 마음의 바탕을 가르치는 과정이다.

"하지만 여기서는 그걸 학부모들이 두고 보지 않던데요?"

아이가 뭔가 잘못을 했다. 그러면 선생님은 당연히 그에 대해 한 소리 할 수 있어야 한다.

물론 80~90년대처럼 대걸레 자루가 부러지도록 두드려 팰 수는 없다.

일부 인성 교육 반대론자들은 교권을 확보해야 한다는 주장을 들으면 그 시절만 생각하고 우리 애들을 두들겨 패자는 거냐고 몰아붙이지만, 어떤 선생님도 이제 와서 그걸 원하지는 않는다.

하지만 어느 정도 언성을 높이고 위압적으로 이건 잘못된 행동이라고 지적할 수는 있어야 한다.

"칭찬으로 아이를 키워야 한다는 이론은 개박살 난 지 오래인 것으로 알고 있는데요."

"그건 그렇죠."

몇몇 사람들은 지금도 칭찬이 고래도 춤추게 한다는 말을 하면서 칭찬 하나면 아이를 훌륭하게 키울 수 있다고 주장한다.

하지만 그런 사람들의 교육관은 한 20년 이상 뒤처진 거다.

왜냐하면 그렇게 칭찬만으로 성장한 세대가 현대의 성인인데, 생각지도 못한 부작용이 심하게 드러났기 때문이다.

그 첫 번째가 악에 대한 변별 능력이 떨어졌다는 것이다.

'해서는 안 된다.'라는 개념 자체가 별로 없다.

그 대신에 자리 잡은 것은 '걸리지 않으면 그만.'이라는 마인드다.

뭘 해도 칭찬한 결과, '이걸 하면 안 된다.'라는 사상이 자리 잡지 않은 거다.

두 번째는 빈약한 인내심이다.

어린 시절에 좌절이라는 걸 겪어 본 적이 없다. 결과가 어떻게 나와도 무조건 잘했다, 노력했다 칭찬 일색이었다.

그런데 세상은 칭찬으로 물든 곳이 아니다.

굳이 분류하자면 80%의 악의에 20%의 선의가 섞여 있는 곳이 세상일 거다.

그런데 초등학교까지는 이게 문제가 안 된다. 초등학교까지는 뭘 해도 선의가 우선시되니까.

하지만 중학교, 고등학교로 진학하면 이야기가 달라진다.

'고생했다.' 또는 '노력했다.'라는 칭찬보다는 결과에 따라 '이게 뭐냐?' 아니면 '공부는 하는 거냐.'라는 타박과 욕이 갑자기 부모의 입에서 나오기 시작한다.

선생님들도 마냥 어리다 예쁘다 했던 시절을 넘어서 더더욱 엄격해지고 강하게 압박한다.

그런데 그런 경우, 실제로 칭찬만으로 성장한 아이들은 스트레스를 이겨 내지 못하고 나가떨어진다.

결과적으로 칭찬만으로 자란 아이들은 크게 보면 자기 잘못을 인정 못 하는 사회 부적응자가 되든가, 아니면 남에게 쓴소리를 들으면 재기 못하는 사회 부적응자가 될 가능성이 높다.

"그런데 지금 아직도 그걸 요구하죠."

"하아~."

"맞습니다."

누가 올바른 소리를 했는가? 중요한 건 그게 아니다.

내 아이가 기죽으면 안 된다.

내 아이에게는 칭찬만 해라.

내 아이의 기분이 상하면 안 된다.

오로지 내 아이에게 맞추는 것만이 중요하다.

"그런 상황에서 인성 교육은 불가능하죠."

노형진도 안다. 인성 교육을 하라고 그렇게 말하면서 정작 아무런 권한도 안 주는데 학교에서 무슨 수로 인성 교육을 한단 말인가?

"그러니까 우리 권한을 이용해야죠. 그들이 원하는 대로 해 주면 됩니다."

"그 방법이 애들을 고립시키는 겁니까?"

"정확하게는 부모들을 고립시키자는 거죠."

"네?"

"그들을 분류하여 고립시키면 무슨 일이 벌어질까요?"

"글쎄요."

그 말을 박영애도, 김종영도 이해하지 못했다.

하긴, 그걸 바로 이해할 수 있다면 교장이나 교감이 아니라 변호사를 했어야 했다.

"아까도 말씀드렸다시피 아이들의 인성 문제는 부모의 영향을 많이 받습니다."

만일 부모가 최소한의 기준만이라도 있는 아주 평범한 사람이라면, 사회적으로 고립되어서 공격성을 보이지는 않을 거다.

중학생이나 고등학생이 되고 소위 말하는 질풍노도의 시기가 와서 설치면 모를까, 초등학생 시절에 일으키는 문제의 대부분은 부모의 컨트롤과 교육 방식의 실패인 경우가 많다.

"방송에 금쪽이 금쪽이 하면서 나오는 이유가 그거죠."

최소한 초등학생들은 방향만 제대로 잡아 주면 제대로 받아들이니까.

"제가 아동교육학에 대해서는 잘 모르지만, 저 말은 결국 지금 문제를 일으키는 아이들은 대부분 부모 차원에서부터 문제가 있을 거라는 뜻 아닙니까?"

"그건 그렇습니다."

김종영이 고개를 끄덕거렸다.

"뭘 해도 된다는 식의 교육을 받은 애들이 문제를 일으키죠."

친구를 패도, 돈을 빼앗아도, 가난한 걸로 놀려도 된다.

왜냐, '그렇게 배웠으니까'.

사실 초등학생이 사회의 계급화에 대해 알아봐야 얼마나 알겠는가?

기껏해야 그런 게 있다 정도이지 그걸 체계적으로 구분하지는 못한다.

"전에 누가 그러더군요. 휴거니 출석 거지니 하는 건 애들

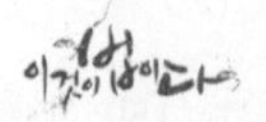

이 만든 게 아니라 기자가 만들어 내고 부모들이 학습해서 아이들에게 교육한 거라고.”

휴거란 휴먼 시티 거지의 줄임말인데, 휴먼 시티란 임대 아파트를 뜻한다. 임대 아파트에 사는 사람들을 비하하는 용어인 것이다.

그리고 출석 거지란 학교를 100% 출석한 아이들을 의미하는데, 표현이 생겨난 배경이 대단히 기상천외하다.

요즘은 학교에 신청하면 평일에도 아이들을 데리고 놀러 갈 수 있다. 그래서 아이가 해외여행을 다녀오느라 장기간 학교에 나가지 못할 경우 이 제도를 이용한다.

문제는 그런 사례가 늘어나다 보니 평일에 학교를 빠지지 않으면 돈이 없어서 해외여행을 가지 못해 매일 학교에 출석하는 것으로 비치게 되었고, 어느샌가 그런 아이들을 ‘출석 거지’라고 부르게 되었다는 것이다.

그런데 그런 용어를 과연 아이들이 만들어서 쓸까?

그럴 리가 없다.

기자가 만들고, 학부모가 교육하고, 학교에서 구분해서 사용된다.

“부모에게 잘못된 교육을 받은 아이들을 격리하겠다는 거군요.”

“네.”

그리고 그들은 고립될 거다.

왜냐, 그들이 원하는 대로 고립시키기 시작할 테니까.

"그리고 그들이 힘을 잃었을 때 평범한 반으로 넣으면 됩니다."

그 후에는 갑질 하는 학부모들도 아무 소리 못 할 거다.

그들이 원하는 대로 아이들을 격리시켰더니 도리어 자신들의 아이들이 격리되는 꼴을 봤을 테니까.

"하지만 그걸 그냥 두고 볼 리가 없는데요."

"말했잖습니까, 우리가 싸울 일은 없다고."

이미 '우리'를 위해 싸울 사람은 넘쳐 난다.

"그러니까 한번 덤벼 보라고 하세요."

아마도 그들은 찍소리도 못 할 것이다. 노형진은 그렇게 확신했다.

배운 대로 행하는 아이들

아이들은 배운 대로 행한다. 그건 당연한 거다.

모 대기업 총수의 초등학교 2학년 손녀가 운전기사의 발등을 발로 차면서 반말하는 걸 누구한테 배웠을까?

선생님? 아니면 비서?

아니다. 부모에게 배운 거다.

아이들은 부모에게 배운 대로 행한다. 특히 초등학생 정도 나이라면 그게 당연한 거다.

그래서인지, 문제아로 분류된 아이들은 소위 말하는 갑질 부모가 속해 있는 부류에 많았다.

"이건 차별인데."

박영애의 말에 노형진은 비웃음을 날렸다.

"선생님들을 갈아 넣을 때는 눈도 깜짝하지 않으시던 분이 아이들을 구분한다고 하니까 뭐, 죄책감이라도 느껴지십니까?"

그 말에 박영애는 아무런 말도 못 하고 그냥 시선을 돌렸다.

노형진의 말대로 자신의 죄가 너무나 깊었기 때문이다.

지금은 비록 노형진과 함께 싸운다지만 한때 자신이 살겠다고 제물로 선생님들을 가져다 바친 건 부정할 수 없다.

"그래도 애들인데……."

"글쎄요. 저 애들이 크면 뭐가 될까요? 살인마? 사기꾼? 아니면 썩어 빠진 정치인?"

알 수는 없다.

하지만 손쉽게 타인을 깔아뭉개는 마인드로 살아간다면 그 미래가 뭐든 간에 결코 좋은 결과는 없을 거다.

"아이는 미래를 품은 존재란 말입니다."

그래도 여전히 김종영은 불만스러운 모양이다.

그런 김종영에게 노형진은 단호하게 말했다.

"맞습니다. 그런데 그런 아이들의 미래를 망치는 인간들에게 찍소리도 못 한 게 누구죠?"

"……."

"싸울 자신이 없으면 도망가세요. 사표만 내면 되지 않습니까?"

그 말에 두 사람 다 아무런 소리도 하지 못하고 그저 시선만 돌렸다.

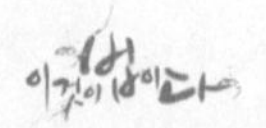

"알겠습니다. 그러면 발표할게요. 다른 선생님들의 복직은……."

"네, 타협점이었으니까요."

사실 학생들의 미래야 어찌 되건 간에 나부터 살아 보자며 휴직계를 낸 사람은 없었다.

그저 이슈만을 위해 휴직한 것이었고, 실제로 학교가 통째로 마비되었다는 사실이 전국에 퍼지면서 자연스럽게 선생님들을 압박하던 갑질 부모들에게 큰 압력으로 작용하고 있었다.

"그렇다곤 해도 아이들을 계속 저렇게 방치할 수는 없으니까……."

그랬기에 조건을 달아서 복귀하기로 했다.

물론 그 조건은 엄청나게 빡빡했다. 바로 폭탄 돌리기, 아니 폭탄 밀어 넣기다.

"문제아를 한 반에 몰아넣고 컨트롤할 것."

"교육적으로는 상당히 좋지 않을 겁니다."

"그렇겠죠. 하지만 누가 그걸 반대할까요? 지금 그거 해 달라고 지금 소송 중인 거 아니었나요?"

그랬다. 지금 학부모들은 그렇게 해 달라고 학교와 교장을 대상으로 소송을 걸었다.

교육에 신경 쓴다면서 정작 선두에서 교육을 박살 내고 있는 건 그 학부모들인 것이다.

"그들이 원하는 대로 해 주면 되는 겁니다."

"그거야…… 그런데……."

"아직도 그들과 싸우는 게 두렵습니까?"

노형진의 질문에 박영애는 고개를 흔들었다.

"그건 아니에요."

"그러면 두 눈을 똑바로 뜨고 현실을 보세요."

지금 여기서 물러나면 교육은 박살 난다.

갑질 하는 학부모들이 시키는 대로 저들의 방식에 따라 아이들을 키우면, 그 결과는 미래를 책임질 동량이 아니라 학부모들의 권력을 계승하여 다른 갑질을 할 존재가 육성될 뿐이다.

"알겠습니다."

결국 박영애는 고개를 끄덕거릴 수밖에 없었다.

⚖

학교는 결국 소송에 굴복해서 문제아들과 일반 아이들로 반을 구분하겠다고 발표했다.

그러자 학부모들은 환호했다.

내 아이는 이제 안전하다, 내 아이는 이제 바르게 자랄 거다, 그렇게 믿었으니까.

그들이 생각하지 못한 건 자신의 아이들이 바로 그 문제아라는 결과였다.

"내 아이가 어째서!"

구분할 때 기준이 되는 것은 당연히 아이들의 인성이다.

그리고 거기에는 모든 부모들이 철석같이 믿는 대전제가 따라붙는다.

그건 다름 아닌 '내 애는 안 그래.'다.

자식이 사기를 치고 오면? '내 애는 안 그래.'라고 한다.

자식이 살인하고 오면? 그때도 '내 애는 안 그래.'라고 한다.

천하의 스탈린조차도 그의 어머니에게 독실하게 교회를 다니고 기도하라는 말을 들었다.

그러나 그 당시에 스탈린은 수천만 명의 종교인들을 숙청하고 있었다.

"내 아이가 문제아라니!"

"야! 교장 나와!"

평소보다 더 극렬하게 전투적인 기색을 풍기는 갑질 부모들.

그러자 그들 앞으로 교감이 나섰다.

"다들 진정하세요."

"진정? 지금 진정하게 생겼어?"

"우리 애가 무슨 잘못을 했는데 격리를 해!"

"야. 네가 사람 새끼냐!"

고래고래 소리를 지르는 부모들.

교감은 진땀을 흘리면서 부모들을 진정시키려 애썼다.

"교장 선생님은 병원 가셨습니다."

"그년이 병원에 왜 가!"

"아프시니까요."

"아, 닥치고! 이게 무슨 일이야!"

"그년이 뒈지든 말든 그건 내 알 바 아니지. 그래서 이게 어떻게 된 건데? 이게 어떻게 된 거냐고!"

분명히 자기 자식은 문제가 없다. 그런데 왜 자기 자식이 격리 대상이 된단 말인가?

그들은 그렇게 생각했다.

그리고 당연하게도 노형진은 그 모습을 지켜보고 있었다.

"진짜로 몰랐단 말이야?"

서세영은 어이가 없다는 듯 말했다.

선생님들이 바보도 아니고, 애들이 사고 치고 다니는데 부모들에게 말하지 않았을 리가 없다.

"몰랐겠어? 알아도 상관없다는 거지."

"뭔 소리야?"

"뭐, 자기 자식이 문제아라는 사실에 새삼 왜 놀라겠어."

학교 측은 분명 부모에게 경고하거나 통제해 달라고 부탁했을 거다.

실제로 선생님들의 증언은 똑같았다, 가정 내에서 최소한의 예절 교육이라도 시켜 줄 것을 당부했다고.

그러나 과연 저런 인간들이 교육을 시킬까? 내 아이만 소중한 인간들인데?

"그러니까 무시했겠지. 그리고 보통 부모들은 그걸 알아도 본인이나 본인 아이의 잘못은 아니라고 믿거든."

아이가 친구를 잘못 사귀어서 그렇다, 그건 매일같이 나오는 변명이다.

그 나쁜 친구만 잘라 내면 내 아이는 멀쩡하게 자랄 거라고 믿는다.

"정작 자기 자식이 그 문제를 일으키는 애라는 생각은 못해. 아니, 안 하겠지."

"그래서 아무것도 모른다고?"

"모른다기보다는, 그간 그렇게 해 왔잖아. 닥치고 지랄 발광하면 결국 내 애는 빼 주겠지, 하는 거야."

"아아~."

나는 갑이니까 내가 갑질로 조지면 선생들은 굽실거려야 한다.

당연히 그들은 내 말을 따를 테고, 내 새끼만 격리 대상에서 제외되면 그만이다.

질 안 좋은 아이들에게서 격리만 잘 시키면 내 아이는 분명 올바르고 똑똑하게 자랄 거다.

"그렇게 믿는 거지. 안 그렇습니까?"

"네…… 그, 노 변호사님이 맞습니다. 학부모님들은 대부분 그렇게 믿고 있죠."

병원에 갔다는 교장은 황당하게도 바로 옆에서 고개를 끄덕거리고 있었다.

"그런데 왜 제가 아니라 교감에게 시키신 건지?"

보통 학교장이라고 하면 교장을 말하고 실제로 이 사건에서 표적은 교장인 박영애였다.

그런데 교감이 나서야 한다는 노형진의 갑작스러운 말을 박영애도, 김종영도 이해할 수가 없었다.

"교장 선생님은 이제 양쪽을 대변해야 하니까요."

"네?"

"제가 시킨 대로 구분하셨죠?"

"네……."

그들이 원하는 대로, 문제가 있는 아이들을 한 반에 격리했다.

"그러면 애들에게는 문제가 없지만 부모에게는 문제가 있는 경우는요?"

"그거야……."

교장은 떨떠름하게 말했다.

"어쩔 수 없죠. 애들 잘못이 아니니까요."

부모들은 갑질을 해도 아이들은 올바른 경우가 없는 건 아니다.

당연히 그런 아이들은 격리 교실, 즉 문제아반이 아닌 일반 교실에 배치되었다.

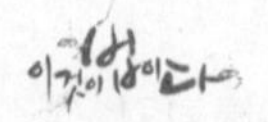

"일단은 이렇게 딱 5일만 운영하세요."

"5일요?"

"네."

그 말에 박영애의 얼굴이 핼쑥해졌다.

갑질을 하는 저 부모들을 상대하며 무려 5일이나 참으라니.

"너무 걱정하지 마세요. 그 후에는 대신 싸워 줄 사람이 넘쳐 날 테니까."

노형진은 씩 웃었다.

그렇게 5일이 지났다.

그리고 5일 후 노형진은 교장에게 알림장을 통해 문제아반을 없애겠다고 발표하게 했다.

사유는 일부 학부모들의 격렬한 반대였다.

그리고 서세영은 노형진이 왜 이런 짓을 했는지 알아차렸다.

"패가 완전히 갈렸는데?"

"그렇지?"

강당에 몰려든 학부모들은 완전히 패가 갈렸다.

한쪽은 10% 정도의 문제아반 아이들 부모, 그리고 다른 한쪽은 90% 정도의 일반반 학생들 부모.

하지만 모든 부모가 온 건 아니라서, 지금 이 강당에서 대치하는 양측 부모들의 숫자는 비슷했다.

"내가 말했지, 내 새끼만 중요하다고."

"그랬지."

"갑질 하던 부모들 중 일부는 당연히 문제아반으로 자식이 이동했지."

그들은 자식을 문제아반에서 빼기 위해 지난 5일간 온갖 지랄 발광을 했다. 당연하게도 나머지 사람들은 그걸 몰랐다.

그런데 5일 후 문제아반을 폐지한다고 하자 부모들은 난리가 났다.

"그러면 아이들이 문제아반으로 가지 않은 갑질 부모들은 어떤 기분일까?"

"억울하겠네."

"그렇겠지."

문제아들을 원래 반으로 돌려보낸다.

그들이 그걸 쉽게 받아들일까?

"내 아이만 소중하니까."

당연히 용납 못 하고 극렬하게 투쟁하면서 거부할 수밖에 없다.

그렇게 자연스럽게, 갑질 하던 부모들은 패가 나뉠 수밖에 없다.

"그런데 의외로 일반반 부모들의 숫자가 엄청 많은 건 아니네."

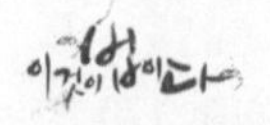

"말했잖아, 대부분은 굳이 나서려고 하지 않는다고."

내가 아니어도 누군가는 싸울 거다. 그러니까 굳이 나서서 독박을 쓰려고 하지 않는다.

결국 극렬하게 나서는 것은 극히 일부다.

"그리고 난 그들을 갈라놓았지."

얼마 전까지만 해도 그들은 하나 되어 선생님과 학교를 조지는 데 여념이 없었다.

그러나 이제는 반을 기준으로 입장이 달라졌다.

한쪽은 문제아반으로, 다른 한쪽은 일반반으로.

"그들은 이제 적이지."

사실 법적으로 학교에서 문제아반이니 상급반이니 하는 걸 운영하는 건 불법이다.

물론 고등학교쯤 되면 '법 조까'를 외치면서 상급반을 운영하기는 하지만, 문제아반을 운영하는 건 아니다.

"자, 그러면 여기서 문제. 이 문제에 끼어드는 건 누구?"

"교육부?"

"맞아."

고작 5일 운영했지만 명백하게 불법이니, 이제 교육부가 끼어들 수밖에 없다.

그간 모른 척하면서 학부모들의 행패도 알아서 하라고 철저하게 방관하던 교육부지만 불법이 성립된 이상 끼어들 수밖에 없다.

"그런데 문제는 아직도 소송 중이라는 거지."

"응? 소송 중? 아, 그러네."

학부모회에서는 아이들을 분반시켜 달라고 소송을 걸었다. 그런데 아직 그 소송이 취하되지 않았다. 그랬기에 아직 소송 중이었다.

그런데 이 소송은 애초에 이길 수가 없다.

왜냐, 아이들을 구분해서 분반하는 건 불법이니까.

"그리고 그걸 판검사나 변호사 학부모들이 모를 리가 없지."

그러니 결과적으로 지금은 학교를 대상으로 한 소송이지만 궁극적으로는 교육청에 대한 헌법 소원 형태가 될 수밖에 없다.

"그런데 패거리가 나뉘기 시작하면 어떻게 될까? 그 소송이 제대로 진행될까?"

"아하, 그러니까 세 번째 전선이라는 거네?"

"정답."

제1전선은 선생님들, 제2전선은 교장, 그리고 제3전선은 교육부.

"그리고 이제 내분이 터졌지."

노형진이 그 말을 하기 무섭게 노호성이 터져 나왔다.

"이 개 같은 새끼들아!"

목소리를 높인 사람은 다름 아닌 문제아반 학부모였다.

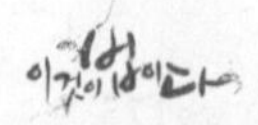

"너희가 사람이야? 어? 사람이냐고! 애 인생 조지고 싶어서 그래?"

아이가 일반반에 속한 갑질 부모들은 당연히 눈도 깜짝하지 않았다.

"당신 애새끼가 문제아라는 건 당신이 애 교육을 제대로 하지 못했다는 뜻 아니야?"

"뭐?"

"옳소!"

"아니, 지들이 애새끼 교육도 제대로 못해 놓고 뭐라는 거야!"

과거에 선생님들을 괴롭히고 물어뜯던 자들에게는 이제 명백한 적이 생겼다.

선생님이나 학교란 존재는 사냥감이다. 그것도 생존을 위한 사냥감이 아니라, 고양이가 쥐를 가지고 놀듯이 자기들이 가지고 놀기 위한 사냥감이다.

하지만 이제 반대파가 되어 버린 갑질 부모들은 적이다.

저들을 죽이지 않으면 내 아이의 인생이 망가진다.

아이가 일반반에 잔류한 갑질 부모 입장에서는, 문제아반 애새끼가 자기 반으로 돌아와서 자기 아이를 왕따라도 시키면 눈깔이 돌아갈 것이다.

자기들이 애들에게 누구네랑 놀지 말라고 지시하는 건 괜찮지만 내 아이가 그 대상이 되는 건 절대 용납할 수 없다.

양립할 수 없는 두 개의 이익, 아니 그렇게 믿는 두 집단이 부딪친다면 사실상 답은 뻔했다.

"하여간 교양이 없어요, 교양이."

일반반 측에서 흘러나온 말.

"이러니까 애새끼들이 주먹이나 휘두르고 다니지."

"뭐라고요!"

그리고 이제는 문제아반 학부모들의 대표가 되어 버린 학부모회 회장.

"아니, 그렇잖아요."

"생각해 보니 이것도 확실하게 해야겠네. 문제아반 학부모가 학부모회 회장 하는 건 좀 그렇잖아요?"

"옳소! 새로 뽑아야 하지 않겠습니까?"

"이년이 미쳤나!"

한때 교양이 어쩌고저쩌고하면서 고상한 척하던 학부모회장은 그 말에 눈이 돌아갔다.

다른 사람들은 자식이라는 권력만 침해되고 있지만 그 자신은 학부모회장이라는 권력까지 위험해진 상황이니까.

순식간에 튀어나온 그녀는 방금 전 회장을 새로 뽑아야 한다는 소리를 한 여자의 머리채를 휘어잡았다.

"아악!"

"이년이 어디서 혀를 나불거려! 야! 내가 누군지 알아? 내 남편이 누군지 아냐고!"

"놔! 놔! 아악!"

그리고 그걸 기점으로 두 집단이 부딪쳤다.

"이 개 같은 집안 새끼, 처음부터 마음에 안 들었어. 어디 로스쿨 출신 변호사 새끼가!"

"지랄하네. 너 나보다 시험 성적도 낮았던 새끼가 운이 좋아서 검사 되니까 눈에 뵈는 게 없냐?"

남자들은 서로에게 달려들어서 주먹을 휘둘렀고, 여자들은 서로의 머리채를 잡고 흔들며 할퀴었다.

"헐."

그 광경을 본 서세영은 그들을 말려야 하나 고민했다.

그때 노형진이 그녀에게 뭔가를 불쑥 내밀었다.

"이게 뭐야?"

"팝콘."

"팝콘?"

"이런 걸 팝콘 각이라고 하지 않겠냐?"

노형진은 핸드폰으로 동영상을 찍으면서 실실 웃었다.

"인터넷에 이거 박제하면 아주 품위가 넘칠 거야, 후후후."

⚖

"오호호호."

노현아는 영상을 보면서 신나게 웃었다.

이미 몇 번이나 돌려 봤지만 볼 때마다 그녀의 입에서는 즐거운 웃음소리가 흘러나왔다.

"고상한 척은 다 하더니 이거 봐 봐, 호호호."

유튭에 올라온 영상에서는 교양이라는 걸 찾아볼 수가 없었다. 그저 아귀다툼만이 존재했다.

서로 머리채를 쥐어뜯고 옷을 찢고 주먹을 날리고 물어뜯는다.

그 영상에는 문명인도, 교양인도 없다. 그저 싸우는 짐승들뿐.

"너무 많이 보는 거 아니야?"

"나만 그런 게 아닌 것 같은데? 이거 봐 봐, 댓글."

확실히 댓글은 무서울 정도로 늘어나고 있었다.

–오, 교양 넘치는 싸움.

–저기 파란 옷 입은 여자, 판사로 알고 있는데. 우와, 물어뜯는 거 봐.

–이러니까 한국 격투기가 망하지.

–이제 한국의 차세대 격투기는 국K1이 아니고 학부모회군. 저걸 누가 이겨?

신나게 늘어나는 댓글들.

물론 대부분 양측 모두를 병신 취급하고 있었다.

왜냐하면 이미 언론을 통해 진실이 널리 알려진 상황이었으니까.

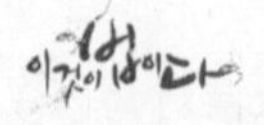

"아이고…… 너무 웃었더니 배가 너무 아프다, 진짜로."

흐르는 눈물을 닦는 노현아는 속이 시원하다는 얼굴이었다.

"역시 우리 동생. 이런 식으로 복수해 주네."

"별말씀을."

"그런데 이러면 끝난 거야?"

"어느 정도는?"

"어느 정도는, 이라니?"

"저 갑질 부모들은 이제 철천지원수야."

애들 싸움이 어른 싸움이 된 것도 아니다. 자기들끼리 이 정도로 싸웠으니 저들의 성격상 서로를 파멸시키기 위해 온갖 소송과 고소 고발이 난무할 거다.

"그렇잖아도 지금 경찰서에 고소된 것만 해도 한 300건쯤 될 거래, 언니."

서세영의 말에 노현아가 의아한 듯 고개를 갸웃했다.

"300건? 저기 있는 사람이 삼백 명이 안 되는데?"

"말했잖아, 이건 저 집단들의 총력전이라고."

고소 건은 폭력만이 아니었다. 명예훼손과 모욕, 심지어 찢어진 옷이나 가방에 대한 재물 손괴까지.

"저 주변 변호사들은 오빠한테 진짜 감사 인사라도 해야 할걸."

"응? 왜?"

"저 사람들이 다 변호사는 아니잖아."

당연히 소송당한 사람들은 대응을 위해 변호사를 선임했고, 변호사들은 두둑한 수임료를 챙기고 있다.

"일 진짜 재미있게 진행되네. 그런데 이게 끝이 아니라고 하니까 앞으로가 궁금한데?"

"이제 본론으로 들어가야지."

"본론?"

"그래, 아동 학대."

노형진은 멈춰 있는 유튭의 화면을 보면서 차갑게 말했다.

"아동 학대?"

"솔직히 말해서 저 사람들이 지지고 볶는 건 우리나 선생님들이 알 바 아니지."

저들이 욕을 하든 아구창을 날리든 고소 고발을 하든, 그건 알 바가 아니다.

"중요한 건 아이들이야."

"그래서, 아동 학대로 고발을 하자고? 이해가 안 가는데."

"정서적 학대도 결국은 아동 학대야. 누나도 아이들 키워봐서 알잖아. 정서적으로 안정된 아이들은 특별한 변수가 없는 한 외부에 공격적인 모습을 보이는 경우가 드물어."

"하긴, 그건 그래."

사랑을 받고 자란 아이들은 자기들이 뭘 해도 되는지, 그리고 뭘 하면 안 되는지 잘 안다.

부모가 비정상일수록 아이들의 탈선 경향이 심해지는 것

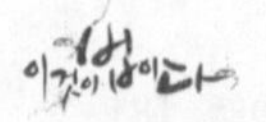

은 그만큼 부모들의 행동이 아이들에게 큰 영향을 미치기 때문이다.

"아이들은 부모에게 배운 대로 행한다, 그 말에 단순히 애들이 부모의 잘못된 버릇을 배운다는 의미만 내포된 게 아니거든."

부모가 아이에게 공격적이고 적대적으로 나오니까 아이들은 그걸 배워서 다른 아이들에게 똑같이 행동하는 거다.

"선생님들은 그걸 알 거야."

하지만 선생님들에게는 그걸 어떻게 할 방법이 없다.

학부모를 아동 학대로 공격하는 것은 극도로 위험한 행동이다.

"더군다나 자기들에게 갑질을 할 수 있는 법을 잘 알거나 변호사를 선임할 수 있는 힘과 권력을 가진 사람들을 아동 학대로 고소한다?"

분명 그런 사람은 100% 반격할 테고 교육부의 특성상 학교 선생님을 보호해 주지는 않을 테니 운 좋으면 해직이고 운 나쁘면 자살이다.

그게 얼마 전까지의 현실이었다.

"하지만 이제는 아니지."

그들은 공격당하고 있다. 그리고 현실적으로 자신들의 권력을 지킬 방법이 없다.

왜냐, 권력이 거의 비슷한 더 많은 사람들이 공격하고 있으니까.

"이제는 그들을 쳐 낼 시간이야."

선생님들은 복직했다. 더 이상 눈치를 볼 필요가 없으니까.

모든 선생님들이 학부모를 아동 학대로 고소하는 데 동참한 건 아니다.

사실 그럴 이유도 없었다.

아동 학대를 당해서 외부와의 교류에 문제가 있는 아이들은 이미 문제아반으로 몰아넣은 상태니까.

당연히 아동심리학을 전공한 선생님들이 그들과 상담하고, 아동 학대의 정황이 있는 아이들을 걸러 냈다.

보고를 들은 박영애의 얼굴에는 충격이 어려 있었다.

"아동 학대 맞습니까?"

"네, 교장 선생님. 대부분의 아이들에게서 아동 학대의 정황이 드러났습니다."

"대부분?"

전부는 아니라는 말에 김종영은 다소 이해하기 어렵다는 얼굴이 되었다.

그런 김종영에게 노형진은 어쩔 수 없다는 듯 낮은 목소리로 말했다.

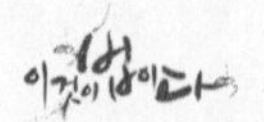

"부모가 아무리 잘 키우려고 해도 안되는 애들이 있기 마련이죠. 타고난 사이코패스라든가."

"아아~."

"네, 문제아반에서 두 명이 사이코패스 성향을 보고 있습니다."

그 말에 박영애는 할 말을 잃어버렸다.

그 애들을 어떻게 해야 할지 방법이 안 보였으니까.

그런 박영애의 마음을 읽은 노형진은 차분하게 입을 열었다.

"차라리 잘된 겁니다."

"차라리 잘된 거라고요?"

"사이코패스는 별도의 교육 커리큘럼이 있습니다."

다만 대부분의 사이코패스는 그에 따른 혜택을 입지 못한다.

왜냐, 부모들이 그걸 인정하지 않거나 주변에서 이기적인 타입이라고 쉽게 생각하기 때문이다.

"사이코패스는 치료할 수 없는 질병이죠. 하지만 동시에 통제 못 할 정도는 아닙니다."

최소한 주변에서 흔하게 볼 수 있는 이기적인 인간 수준으로 교육은 할 수 있다.

그러면 그 이기적인 성격에 주변 사람들이 떠날 수는 있겠지만, 최소한 이기심을 주체하지 못해 범죄를 저지르는 일은 막을 수 있다.

"그러면 이걸 고발하면 되는 겁니까?"

"네."

"……."

"부담이 되십니까?"

"솔직히…… 그렇죠."

학부모를 아동 학대로 고소하는 일이다.

물론 선생님들도 아이들의 몸에 누가 봐도 아동 학대의 정황인 멍이나 잦은 상처 같은 게 있다면 고소할 거다.

그런데 이 상황에서는 모든 게 정황증거일 뿐.

"도망가지 마세요. 제가 알기로 아동 학대의 정황이 있다면 그걸 알리는 게 의무입니다만?"

"……."

그 말에 교장도 교감도, 아무런 말도 못 했다.

노형진의 말이 맞지만, 지금까지는 누구도 그렇게 하지 못했다.

왜냐, 신고의의무만 만들어 놨을 뿐 보호는 전혀 해 주지 않으니까.

한국은 언제나 그렇다.

의무에 대한 보상도, 보호도 없다.

"하지만 이제는 아니죠."

"권력을 가진 사람들이 이제 이쪽 편이라 이거군요."

90%의 학부모들이 보호해 줄 거다.

물론 그중에는 과거에 학교와 선생님을 공격하던 자들도

있다.

“하지만 지금 그들의 눈에 선생님의 존재가 들어올까요?”

당장 눈앞에 자기가 물어뜯어야 하는 적이 있으니 그럴 리가 없다.

“그러니까 고발하는 건 어려운 일이 아닙니다.”

노형진의 말에 교장은 고개를 끄덕거렸다.

“이게 속죄가 될지 모르겠지만…….”

“아, 오해는 하지 마세요.”

노형진은 그런 교장에게 단호하게 말했다.

“이걸로 당신의 죄가 사라지는 건 아닙니다. 당신이 죽인 선생님의 죄는 당신이 영원히 짊어져야 합니다. 말했죠, 이건 의무라고?”

그렇게 말하면서 노형진은 얼굴에 비웃음을 담았다.

“제가 종종 하는 말이 있죠. 자기 생업으로 갚겠다는 소리를 하는 놈들이 제일 병신이라고. 그런 놈들이 가장 저열한 쓰레기라고.”

마약을 한 가수는 경찰에 출두할 때 음악으로 갚겠다고 한다. 음주 운전을 한 야구 선수는 경찰서 앞에서 좋은 플레이로 갚겠다고 한다.

“그건 그냥 이런 뜻이죠. 나는 손해 보기 싫으니까 너희들이 아가리 닥쳐.”

최소한 자숙이라도 한다면, 아니면 그간 번 돈을 기부라도 한다면 모를까, 그렇게 생업으로 갚겠다고 한 놈들 중에 실제로 그런 걸 하는 사람은 없다.

그들이 자숙하는 건 원해서 하는 게 아니라 사건으로 인해 강제로 하는 것일 뿐이다.

실제로 몇몇 연예인들은 방송에만 나오지 않을 뿐이지 쉬는 기간에 신작 영화를 찍고 공연 연습을 하는 등 할 거 다 한다.

그리고 1년 후에 그 영화가 영화관에 걸리면 '1년간의 자숙을 마치고'라며 설레발친다.

"의무를 면피용으로 쓰지 마세요."

노형진의 말에 박영애는 조용히 고개를 숙였다.

얼마 후 박영애는 아동에 대한 학대를 이유로 일부 부모들을 고소했다.

단순히 의심스러운 정도가 아니었다.

전문 상담 교사가 문제아반 아이들을 검사했는데, 그중에서 누가 봐도 정서적인 학대, 심지어는 신체적 학대도 포함된 학대의 증거를 잡아냈기 때문이다.

"이럴 수는 없어."

그리고 모든 걸 잃어버린 학부모회장은 숨이 턱턱 막혔다.

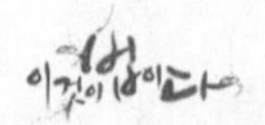

사건 초기까지만 해도 자신이 모든 걸 움켜쥐고 있었다.

학부모들을 통솔해서 학교에 소송을 걸었고, 그 결과 질 안 좋은 애새끼들을 내 자식에게서 떼어 낼 수 있을 거라 믿었다.

그런데 모든 게 틀어졌다.

집단은 반으로 나뉘어서 싸우고 있고, 서로 간에 고소와 고발이 다발하면서 그간 자기들끼리 쑥덕거리던 치명적인 약점이 하나둘 경찰로 넘어가고 있었다.

"이게 아닌데."

특히 그녀가 무서워하는 건 자살교사죄였다.

그녀는 자살한 선생님을 집요하게 괴롭혔다. 너 하나만 뒈지면 되는 일이라면서, 차라리 뒈지라고 하루에도 몇 번씩 협박했다.

그리고 그 사실을 다른 부모들도 알고 있었다.

그렇기에 그녀는 혹시나 그걸로 잡혀갈까 봐 벌벌 떨고 있었다.

그런데 엉뚱한 게 들어왔다.

"아동 학대?"

자신이 아동 학대를 했단다.

그걸 본 회장은 기가 막혔다.

"이 인간들이 진짜 선을 넘네. 내가 누군지 알고!"

물론 자식을 위해 쓴소리를 한 건 사실이다. 때때로 정신

차리라고 욕도 했고, 티가 나지 않게 때리기도 했다.

그러나 제 아빠를 닮아서 병신 같은 아이들을 다그치면서 공부시킨 것도 자신이고, 놀고 싶다고 징징거리는 걸 찍어 누르면서 집중하게 한 것도 자신이다.

친구도 아무나 못 만나게 한 건 사실이지만 그건 자칫 질 나쁜 친구들을 사귀어 인생이 망가질까 봐 한 정당한 행동이었다. 그런데 아동 학대라니.

"내가 이런 꼴을 당하고도 참고 있을까 봐?"

당연하게도 그녀는 자리에서 벌떡 일어났다.

참는 것도 한계가 있는 법.

자신에게 황당한 누명을 뒤집어씌운 선생을 용서할 수는 없었다.

그녀는 당장 학교로 찾아갔다.

자신처럼 고소당한 몇몇 학부모가 이미 와 있었다.

"해연이 엄마도 고소당했어요?"

"어머, 회장님도 고소당했어요?"

"이 인간들 못 쓰겠네."

세 명의 학부모들은 분기탱천해서 우르르 교장실로 몰려갔다.

그리고 그 과정에서 복직한 선생님들이 자신들을 보고 기겁해서 도망가는 걸 본 그들은 자신들이 가진 힘이 아직 살아 있다고 믿었다.

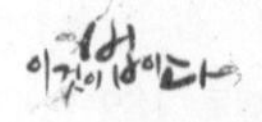

그랬기에 그들은 당당하게 교장실로 들이닥쳤다.
"교장 선생님! 이게 뭐예요!"
"아니, 진짜 선생님 그렇게 안 봤는데 정말 너무하네!"
"지금 우리랑 싸우자는 거예요?"
세 사람의 등장에 교장은 얼굴이 노래졌다.
하지만 이내 심호흡을 하며 마음을 가라앉혔다. 예상한 일이니까.
더군다나 지금 찾아온 세 사람은 갑질 하는 학부모 중에서도 가장 악질적인 인간들이라는 것을, 누구보다 심하게 겪어서 이미 잘 알고 있고 또 마음의 준비까지 하고 있었으니까.
"어쩔 수 없습니다. 규정이라서요."
"규정? 지금 규정이라고 했어요?"
"어디 교장 따위가 감히 규정을 들이밀어!"
언성을 높이는 모습에 교장은 이를 악물었다.
자신의 죄다.
차라리 선생님이 살아 있을 때 단호하게 처리했다면 일이 이 지경이 되지는 않았을 텐데.
그래서 후회했다. 그렇기에 이제는 물러날 곳도 없었다.
"죄송합니다만 저희는 규정에 따라 고소한 겁니다. 문제 해결에 대해서는 경찰서에서 진술하셔야……."
"당신이 취하하면 될 일이잖아요!"
"아동 학대는 의무적인 신고 대상입니다."

"대체 우리가 아동 학대를 했다는 증거가 어디 있어요!"

"이미 아이들에게서 관련 증거를 다 얻어 놨습니다."

그들이 아이들에게 한 행동은 잔인을 넘어서 잔혹했다.

문제를 틀리면 굶기고, 성적이 떨어지면 방에 가둬 버렸다.

매일같이 새벽 3시까지 공부를 시켰고, 누군가에게 비교라도 당할라치면 아예 인간쓰레기 수준으로 취급했다.

옆 반의 아이보다 1점이 낮다? 그러면 그날은 살 가치도 없는 인간쓰레기 취급하면서 괴롭혔다.

"그건 우리 아이들을 위한 거예요!"

"아니요. 그걸 우리는 아동 학대라고 부르기로 했습니다."

"당신들이 하는 게 아동 학대고!"

"저희가 내드린 숙제가 어째서 아동 학대입니까?"

"애들이 공부할 시간이 없잖아!"

"아직 어린 아이들입니다. 상식적으로 초등학생에게 미적분을 시킨다는 게 말이 됩니까?"

학교에서 아이들에게 숙제를 내줬다고 아동 학대로 고소했다.

하지만 그건 진짜로 아이들이 놀게 하기 위해서가 아니었다.

아이들이 집에 와서 선행학습을 할 시간이 없어서였다.

이제 초등학교에 다니는 아이에게 고등학교에서나 배우는 미적분을 가르쳐야 하니 숙제를 내주지 말라는 말에 박영애는 기가 질릴 수밖에 없었다.

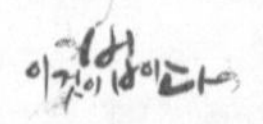

"당장 취하해요!"

그러나 당연히 그들은 자신들이 자녀를 위해 최선을 다하고 있다고 믿고, 그렇게 주장했다.

하지만 박영애는 이제 더는 후회하기 싫었다.

"안 됩니다."

그 말에 학부모회장이 나섰다. 그러고는 나긋나긋한 목소리로 말했다.

"교장 선생님, 그러면 후회하실 텐데요?"

"저희는 규정대로 하는 거라……."

"그러지 마세요. 저희 애아빠가 얼마나 화났는지 아세요?"

"네?"

"애아빠가 여기로 달려와서 다 뒤집어엎어 버리겠다는 걸 제가 간신히 말렸어요. 애아빠가 누군지 아시죠?"

"압니다."

학부모회장의 남편은 검사다. 그것도 아주 잘나가는 검사.

그것도 자칭 대성동 순수 혈통이란다.

"그 전에 잘려 나간, 외부에서 들어온 노현아? 그런 여자의 집안이랑 비교하시면 저희 섭섭해요. 우리, 대성동 클래스예요. 줄 어디다 서야 할지 아실 텐데? 아니면 제가 남편 한번 오라고 할까요?"

그 말에 박영애는 쓰게 웃었다.

종종 이런 경우가 있다. 특히 학부모 중 엄마의 경우에는 자기들이 불리하면 남편을 들먹거리면서 위협한다.

문제는 그게 진짜로 가능한 일이라는 거다.

만일 이쪽에서 먼저 숙이지 않는다? 이전 같았으면 아마 일주일 이내에 수갑 차고 구치소로 끌려가고 있었을 거다.

검사 입장에서는 죄는 만들면 그만이니까.

'전이라면 말이지.'

박영애는 그렇게 생각하면서 자신도 모르게 피식 웃음을 흘렸다.

과연 저 여자들은 노현아가 누군지 알까?

아마 몰랐을 거다. 알았다면 절대로 건드리지 않았을 테니까.

'그리고 이제 알아야겠네요.'

이제는 알아야 할 시간이다. 그리고 그 반동은 본인들이 뒤집어쓸 거다.

"그건 저희 쪽에서 선임한 변호사랑 이야기해 봐야겠는데요."

"변호사를 선임했어요?"

"하! 교장 선생님, 끝까지 가시겠다는 거예요?"

"진짜, 외부 인간들의 질이 너무 안 좋네요."

세 사람의 성토를 들으면서 교장은 전화를 걸었다. 그러자 스피커폰에서 노형진의 목소리가 흘러나왔다.

－법무 법인 새론의 노형진 변호사입니다.

"안녕하세요. 박영애 교장입니다."

－네, 무슨 일이십니까?

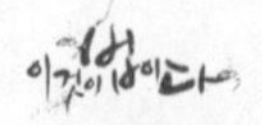

“그…… 사실은 학부모님들이 찾아오셨는데 말이죠.”

박영애는 차분하게 자신이 당한 일을 설명했다.

자초지종을 들은 노형진은 피식 웃었다.

－그렇군요. 이거 스피커폰이죠?

“네.”

－그러면 잠깐 바꿔 주시겠어요?

노형진의 말에 박영애는 학부모들에게도 잘 들리도록 스피커폰을 앞으로 슬쩍 내밀었다.

이윽고 스피커폰에서 노형진의 목소리가 흘러나왔다.

－진짜로 남편분이 그렇게 말하셨나요, 학부모회장님?

애석하게도 그녀 본인은 법률계 사람은 아니었다.

아니, 설사 법률계 사람이 아니라 해도 최상위 계층의 권력자 집안이라면 노형진이라는 이름을 알았을지도 모른다.

하지만 그녀는 그런 사람이 아니었다.

그녀는 대성동에서 태어나서 대성동에서 자란, 자랑거리라고는 오로지 그거밖에 없는 여자이기에 노형진이 누군지 알지 못했다.

“그래요. 내 남편이 누군지 모르죠? 내 남편은 중앙에서도 알아주는 검사예요. 차기 검찰청장이 될 사람이죠.”

－하하하하.

노형진은 그 말에 웃었다. 그러고는 차분하게 말했다.

－검찰청장이 아니라 검찰총장입니다, 어머님. 그리

고…… 잠시만요.

노형진이 침묵을 지켰다. 그리고 잠시 후, 스피커폰에서 익숙한 목소리가 흘러나왔다.

—여보세요?

“여보?”

남편의 목소리가 들리자 회장은 당황했다.

—다른 핸드폰으로 저희 쪽에서 연결했습니다. 그나저나 검사님.

—도대체 무슨 일입니까?

전화를 받은 남편은 전혀 모르는 상황에 어리둥절할 수밖에 없었다.

노형진은 그런 그에게 핵폭탄을 던졌다.

—검사님은 부부의 대리권에 대해 아시죠?

—그거야 알고 있습니다만, 여기서 왜 부부의 대리권 이야기가 나옵니까? 제 담당 사건 중에 부부 관련 사건은 없습니다.

—아, 그게요, 검사님의 부인께서 저희한테 선전포고를 했습니다.

—네?

순간 그는 아무런 말도 못 했다. 이해가 되지 않았으니까.

—아내분이 저희를 조지신다네요. 그것도 검사님의 권력을 이용해서 말입니다. 그러니까 저희는 최선을 다해서 싸워 보겠습니다. 이건 뭐랄까, 선전포고의 대리권 행사 뭐 그런

느낌이라고 생각하시면 되겠네요. 부부시잖습니까?

―아니 잠깐, 그게 무슨 소리입니까? 도대체 이해가…….

하지만 대화는 여기서 끝이었다. 노형진이 연결된 전화를 끊어 버렸으니까.

―들으셨죠? 우리는 이제 전쟁 상태에 돌입합니다. 그렇잖아도 조만간 그렇게 될 거라고 생각은 했습니다만.

"뭐라고요?"

―자살교사죄 저지르셨잖아요. 저희가 그걸 그냥 넘어갈 거라 생각하셨습니까?

그 말에 회장의 얼굴이 창백해졌다.

노형진은 단호하게 말했다.

―잘 모르실 것 같아서 미리 말씀드릴게요. 자살교사죄는 1년 이상 10년 이하 징역입니다. 이번 사건 같은 경우는 실제 피해자가 나왔고 집요하게 괴롭힌 게 사실이니까 실형을 못 피하실 겁니다.

"자…… 잠깐만요! 선생님!"

―아, 저 선생님 아니고 변호사고요. 당신 남편한테 말해서 조져 보세요. 누가 이기나 끝까지 가 봅시다.

노형진은 가차 없이 전화를 끊었다.

그리고 응답이 없는 핸드폰을 향해 학부모회장은 절규했다.

"변호사님, 변호사님!"

당황스러운 상황에 눈이 휘둥그레진 나머지 두 사람은 눈치를 보다가 슬며시 일어나 인사도 없이 밖으로 허둥지둥 도망갔다.

그렇게 교장실에는 학부모회장과 교장만이 남았다.

얼마 전까지만 해도 노예처럼 부리던 교장의 앞이었으나, 학부모회장은 그런 것을 신경 쓸 경황이 없었다.

그때 갑자기 학부모회장의 핸드폰이 울리기 시작했다.

그녀는 공포가 가득한 얼굴로 핸드폰을 바라보다가 천천히 받아 들었다.

“여, 여보…….”

—뭔 짓을 한 거야, 이 미친년아!

분기탱천한 남편의 목소리를 들으면서 그녀는 현실을 인정할 수밖에 없었다.

“이혼한대.”

노현아는 싱글벙글 웃으며 말했다.

“누구?”

“누구겠어? 그 학부모회 회장, 이혼소송 당했대.”

“저런.”

“자업자득이지 뭐.”

“그건 그래.”

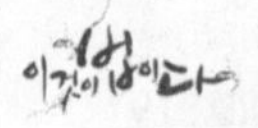

남편을 등에 업고 선생님들에게 갑질을 한 죄는 컸다.

예상대로 남편은 바빠서 그 사실을 아예 몰랐다.

남편이 촉망받는 검사인 것도 사실이었고, 미래가 창창한 것도 사실이었다.

하지만 이제 그건 과거형이 되어 버렸다.

부촌인 대성동의 대부분이 적대적으로 돌변했는데, 그중에는 그의 상관도 있었으니까.

거기다가 아내는 선생님을 괴롭혀 자살시켰으니 징역을 피할 수도 없는 상황.

"이혼을 안 하면 그게 이상한 거지."

아직 어린 서세영조차도 안다는 듯 고개를 끄덕거렸다.

"아마 아이 양육권도 남편이 가져갈 모양이던데?"

"당연하지."

대성동에서 나름 알아주는 사람이고 그녀의 부모가 대성동에서 터 잡고 살아온 성골이라는 사실과는 별개로, 그녀에게는 아동 학대의 혐의가 붙어 있다.

판사가 대가리에 총 맞지 않은 이상에야 멀쩡하게 검사 생활하는 애아빠를 두고 학부모회장에게 양육권을 줄 리가 없다.

더군다나 그녀는 상황에 따라 달라지겠지만 최소한 3년 이상은 교도소에 들어가 있어야 한다. 그러니 양육권을 줘봐야 결국 애아빠에게 돌아갈 수밖에 없다.

"화끈하게 복수했네."

"화끈하게 복수했지."

노형진은 그렇게 말하며 고개를 끄덕거렸다.

"그렇다고 죽은 사람이 돌아오는 건 아니지만."

"그건 그래."

죽은 후배 생각에 노현아는 안타까운 표정을 지었다.

죽은 후배에게도 가족이 있고 미래가 있고 꿈이 있었다. 그렇지만 이제는 그 모든 게 의미가 없어졌다.

"하지만 그렇다고 해서 현실이 바뀌지 않는 건 아니지."

노형진은 자신의 책상에 놓인 엄청나게 두꺼운 서류철을 손으로 탁탁 쳤다.

"그게 뭔데?"

"전국의 갑질 학부모 사건."

"뭐?"

"내가 기획 소송을 한다는 게 농담 같았어? 그 지랄로 뉴스에 나왔는데, 과연 피해를 입은 전국의 선생님들이 우리한테 연락을 안 하겠어?"

노형진은 피식 웃었다.

"여기는 계획이 있어서 물러났지만, 다른 지역에서도 물러날 이유는 없지."

노형진은 잔뜩 쌓여 있는 서류를 바라보면서 아주 차가운 목소리로 말했다.

"말했잖아, 조질 때는 조져야 한다고. 권리와 책임도 혼동

된다면 대가리 속에 잘 박아 넣어 줘야지. 내가 가장 잘하는 방법으로 말이야, 후후후."

노형진은 쌓이는 서류를 보면서 웃었고, 서세영은 그걸 보면서 한숨을 푹 쉬었다.

"세상에 일 쌓이는 걸 좋아하는 사람은 오빠뿐일 거야."

"어쩌겠니. 내 동생이지만 쟨 태어나는 순간부터 일중독자였어."

"어어? 그 정도는 아니거든."

"아니긴 개뿔. 미연이 사건부터 말해 볼까?"

노형진은 그 말에 슬며시 시선을 돌리면서 조용히 중얼거렸다.

"일이나…… 하자고. 일이나."

영원한 아군은 없다

지방선거가 코앞으로 다가왔다. 그러나 노형진은 전혀 관심이 없었다.

정확하게는 유권자로서 한 표를 행사하겠지만 지방선거에 영향을 미칠 생각은 없었다.

송정한이 공무원으로서 중립을 유지하기 위해 선거에 대해 한마디도 하지 않는 것처럼, 노형진 역시 필요에 따라서는 선거에 개입하겠지만 그건 어디까지나 부패나 범죄에 한해서지 정치적 선택에 대해서는 관여하지 않는다.

누구를 뽑든 그건 그 지역 사람들의 선택이고 그런 선택을 한 이상 책임도 그 사람들이 지는 거니까.

그랬기에 사방에서 몰려오는 전화를 가차 없이 끊어 버렸다.

"안 합니다."

-노 변호사님, 송정한 대통령님과의 관계를 생각해서…….

"아니, 송정한 대통령님은 중립의무가 있고요, 저 역시 그에 동의하는지라 제가 지지 연설하는 건 아무래도 곤란할 것 같네요. 미안합니다."

-노 변호사님, 노 변호사님!

하지만 노형진은 단호하게 끊었다.

그 모습을 지켜보고 있던 송정한이 피식 웃었다.

"자네한테 지지를 부탁하는 건가?"

"그렇죠."

"끈질기구먼."

"우리국민당이고 뭐고, 아닌 건 아닌 거죠."

우리국민당은 송정한이 만든 정당으로, 송정한이 당수였다. 그랬기에 그쪽 출신들은 어떻게든 노형진에게 지지 연설을 부탁하려고, 하다못해 사진 한 장이라도 찍겠다고 혈안이 되어 있었다.

"정치판에서 가벼운 관계란 없다는 걸 알면서 이 지랄이네요."

"정치인들 아닌가?"

지지 연설? 그건 대놓고 노형진과 마이스터가 그 지역에 후원 등 뭔가를 해 줄 가능성이 있다고 말해 주는 꼴이다.

그리고 사진?

사진이야 얼마든지 찍을 수 있다.

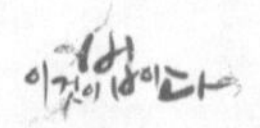

그러나 사진이라는 건 그 사람을 알고 있다는 증거.

그리고 그걸 아전인수 격으로 해석하는 건 정치인 마음대로다.

노형진은 그저 서로 불편하지 않으려고 사진 한 장 찍어 준 것뿐이어도, 정치인이 그걸 이용해 자신이 노형진과 아주 밀접한 관계를 맺고 있다고 떠드는 것도 불가능하진 않기 때문이다.

실제로 그런 문제는 무척이나 예민해서 사기 범죄에서는 국회의원이나 권력자와 함께 찍은 사진을 보고 사기꾼을 믿어 속아 넘어가는 사람들도 무척이나 많았다.

물론 국회의원이나 권력자는 단순히 지지층 결집을 목적으로 사진을 찍은 것이겠지만 사기꾼은 그걸 이용해서 믿음을 끌어낸 것이다.

하물며 정치인들도 그런데 마이스터의 대리인인 노형진이라는 사람과 함께 찍은 사진은 어떤 가치가 있을까?

"그걸 증거로 보여 주며 막대한 투자를 받았다고 말하는 것도 가능하죠."

그렇기에 노형진은 타인과 사진 찍는 일을 꺼리는 편이었다.

"그건 그렇지."

"그런데, 왜 오라고 하신 겁니까? 뭐, 선거 문제가 있으신가요? 설마 선거에 개입하시려는 건 아니죠?"

"그럴 리가 있나? 나도 선거에서 중립을 지켜야 한다는 것

쯤은 알고 있다네."

설사 그 안에서 범죄가 저질러지고 있다고 해도 그걸로 물고 늘어지거나 이야기할 수는 없다. 그 자체가 선거 개입이니까.

최선의 방법이 경찰에 고발하는 것이고, 그 후에 경찰과 검찰을 거쳐 법원에서 판결을 받아 내는 게 올바른 정치지 대통령이 '저자는 사기꾼입니다.'라고 알리는 건 명백한 선거 개입이다.

"더군다나 이제 지방선거도 많이 깨끗해진 걸로 알고 있습니다만."

"자네 덕분에 말이지."

노형진이 발표한 새로운 정책. 그건 다름 아닌 선거 관련 자금의 뇌물 문제였다.

과거에는 지방선거에서 뇌물을 주고 공천을 받는 경우가 많았는데, 노형진이 역으로 그 자료를 건네주면 손실을 보상하는 제도를 만들어서 실행하자 각 정당에서는 찍소리도 못하고 있었다.

이전에는 이리저리 돈을 받아 수십억을 챙긴 후에 나 몰라라 했는데, 이제는 그런 짓을 하면 바로 그 돈을 돌려받기 위해 다른 정당으로 가서 소송해 버리니까.

"사실 문제는 선거가 아니야."

"그러면요?"

"사우디와 중국 그리고 미국이지."

"아아~."

노형진은 그 말에 고개를 끄덕거렸다.

"이해가 갑니다."

러시아와 우크라이나의 전쟁은 계속되고 있다. 그리고 당연하게도 그로 인한 전 세계적인 문제 역시 계속되고 있다.

"다들 죽겠다고 아우성이야."

'뭐, 그러겠지.'

더 웃긴 건, 그나마 지금이 원래 역사보다는 낫다는 거다.

원래 역사에서는 전 세계가 극단적인 인플레이션에 시달리고 물자가 부족해서 온갖 문제가 복합적으로 터져 나왔다.

하지만 지금은? 당연하게도 그 모든 문제가 과거보다 많이 완화되었다.

코델09바이러스 백신이 원래 역사보다 훨씬 빠르게 그리고 훨씬 안정적으로 나오면서 좀 더 안전하게 그 충격에서 벗어나고 있었고, 식량 역시 원래 역사와는 다르게 노형진의 지원 아래 자급자족이 가능한, 그리고 재생산이 가능한 식량 생산이 계속되면서 잉여 농산물이 생각보다 많이 남아서 과거처럼 미친 듯이 가격이 올라가는 상황은 아니었다.

에너지 문제도 마찬가지.

노형진은 사우디와 별개로 막대한 기름을 판매하고 있기에 원래 역사에 비하면 그 타격이 큰 것도 아니었다.

물론 그것만으로도 전 세계는 세상이 망한다면서 곡소리를 내고 있기는 하지만.

"그래도 우리가 못 버틸 정도는 아닐 텐데요?"

당연히 이 모든 일은 한국을 우선으로 굴러가고 있다.

몇 번의 싸움이 있었지만 백신도, 물건도 한국에 우선 공급되는 게 너무나 당연한 일이었기에 그로 인한 타격이 별로 없었다.

"그래, 그게 문제일세. 한국은 여유가 좀 있지. 그런데 그게 미국에는 다르게 보이는 모양이야. 우리를 이용할 방법을 찾고 있다네."

"무슨 말입니까?"

"사우디아라비아가 미국에 반기를 들려고 하고 있네. 아마 잘 모르겠지만."

"네?"

"사우디아라비아가 미국의 기축통화에서 벗어나서 중국의 위안화를 쓰겠다고 협상 중이야. 그리고 미국은 그걸 심각하게 받아들이고 있고."

'아, 벌써 그럴 시기인가.'

미국의 달러가 전 세계의 기축통화가 될 수 있었던 이유.

그건 다름 아니라 사우디를 비롯한 오펙에서 석유의 결제를 달러로만 받기로 했기 때문이다. 속칭 페트로 달러 체제라고 한다.

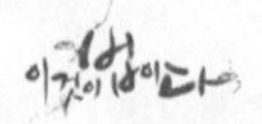

전 세계에서 석유는 필수재인데 그걸 달러로 결제하니 당연히 달러의 영향력이 커질 수밖에 없다.

"그런데 중국과 러시아가 거기에 반기를 들 생각인 모양이더군."

"그렇겠죠. 지금은 두 나라 다 상황이 좋지 않으니까요."

"그렇지. 어찌 보면 그들의 마지막 저항이라고 볼 수도 있지."

'결국은 페트로 달러에서 못 벗어나지만 말이지.'

중국은 사우디아라비아를 비롯해서 석유를 수출하는 나라들을 대상으로 위안화 결제를 강요하고 있었고, 사우디아라비아는 그에 적극적으로 옹호하면서 동조하는 모습을 보인다.

하지면 역사적으로 보면 결국 사우디아라비아는 페트로 달러 체제를 포기하지 못한다.

왜냐, 중국이나 러시아가 믿을 만한 나라가 아니기 때문이다.

애초에 중국은 전 세계에서 IT 결제 기술이 가장 발달한 나라다.

왜 그럴까? 전 세계 최고의 기술력을 가지고 있어서?

아니다. 중국에는 엄청난 양의 위조지폐가 돌아다니기 때문이다.

그래서 심지어 거지도 현금이 아니라 계좌 이체로 적선받는 걸 선호할 지경이다.

그런 나라의 돈으로 결제한다는 건 위험한 일이다.

러시아 역시 마찬가지.

지금 러시아는 당장이라도 우크라이나를 밀어 버릴 수 있다고 주장하고 있지만 실제로는 계속 뒤로 밀리고 있다.

'원래 역사에서는 이 정도는 아니었지, 아마?'

초반 기습으로 막대한 땅을 빼앗기는 했으나 노형진이 개발한 시가전용 무인 전투 장비 때문에 생각보다 늦어졌고, 그마저도 드론이 엄청나게 투입되면서 원래 점령지 대비 절반 정도밖에 점령하지 못했다. 물론 그것도 엄청난 영토지만 말이다.

어찌 되었건 그런 상황이다 보니 러시아는 전쟁 비용을 구하기 위해 중국을 통해 기름을 팔아먹고 있는데, 그렇게 중국이 러시아를 대신해 파는 기름을 유럽에서 싼 가격에 사 갔다.

그 결과 중국의 파워는 단기간에 미국과 거의 동급으로 성장했다.

"그리고 지금 이게 마지막 기회라고 생각하는 중국과 러시아는 아예 대놓고 들이받고 있다네."

"그렇군요."

원래 역사에서도 이때쯤 중국과 러시아가 미국을 제대로 들이받기 시작한다.

왜냐하면 스스로도 아니까. 정점이라는 걸.

말로는 미래에 대한 막대한 가능성 운운하면서 중국이 언젠가 미국을 꺾을 거라고 주장한다.

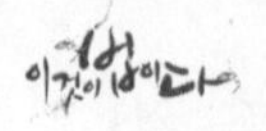

하지만 현실을 보면 도리어 중국이 지는 해라고 봐야 할 정도로 무서운 속도로 내부에서 곪아 가고 있다.

그게 드러나지 않는 건 중국이 공산주의국가답게 그 모든 걸 은폐하고 있기 때문이다.

'결과적으로 말해서 페트로 달러 이탈은 실패하고…….'

중국이 자신들은 강하며, 미국을 꺾을 수 있는 건 당연하고 아예 지워 버릴 수 있다고 주장하고 있지만 사실 그건 다 뻥이라는 건 알 사람은 안다.

물론 중국의 저력을 무시하는 건 아니다.

하지만 미국의 저력은 더 강하다.

당장 미국에서 2개 항모 함대만 보내도 중국 해군과 일전을 결할 수 있다고 하고, 실제로도 그게 진실이니까.

결국 손실 비율의 문제일 뿐이지 중국이 전쟁을 벌여 미국을 꺾는 건 불가능하다.

당장 러시아만 해도 그렇다.

세계 2위의 군사력을 가진 러시아가 우크라이나를 무너트리지 못하고 있다.

미국이 전면적으로 개입한 것도 아니고 우크라이나에 그저 무기와 돈만 지원해 주고 있을 뿐임에도 불구하고 그 지경인데, 중국이 미국과 전면전에 들어간다면 과연 이길 수 있을까?

그리고 그 사실을 사우디도 나중에 알게 된다.

'이때쯤이면 확실히 슬슬 페트로 달러에서 이탈한다는 소리가 나오기는 하지.'

페트로 달러에서 이탈해 새로운 체제를 구축하고 미국을 견제하자.

중국의 감언이설에 혹한 사우디아라비아는 거기에 흔들린다.

하지만 전쟁이 길어지고 러시아가 죽을 쑤는 수준을 넘어서 자기 나라 국민을 고기 방패로 갈아 버리는 꼴을 보고 그 소리가 쏙 들어간다.

왜냐, 중국도 러시아와 비슷할 거라 생각했기 때문이다.

'하지만 미국은 아직 그걸 모르지.'

그렇기에 미국은 페트로 달러 체제가 무너질까 두려워하고 있다.

그리고 굴욕을 참아 가면서 사우디아라비아에 손을 내밀었다.

"그런데 자네도 알다시피 현 사우디아라비아 왕세자는 그걸 거절했다네."

"그랬죠."

"그래서 문제인 거야. 물론 사우디아라비아가 우리가 석유를 수입하는 데 비중이 큰 건 아니지만 그렇다고 해서 마냥 무시할 수 있는 나라도 아니지 않나?"

"그렇죠."

"그러니까 한국도 함께 사우디아라비아에 압박을 가하자

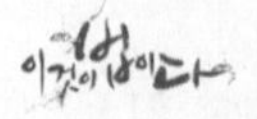

면서, 자기네 편으로 확실하게 들어오라는 거야."

"자기네 편으로 들어오라?"

"사실상 반도체 동맹에 가입하라고 하더군."

"미쳤군요."

반도체 동맹이란 중국과 러시아를 전 세계 선진 반도체 기술에서 아예 탈락시켜 버리자는 국가들의 모임이다.

물론 중국과 러시아의 반도체 기술이 다른 나라에 비해 많이 떨어지는 건 사실이다.

두 나라도 그 사실을 알고 있고, 그걸 뛰어넘기 위해 많은 돈을 들이고 있다.

미국은 그걸 막기 위해 중국과 러시아에 반도체 관련 기술을 제공하는 걸 거부하는 선진국 모임을 만들려고 했는데, 그게 바로 반도체 동맹이다.

당연하게도 이건 중국과 러시아에 대놓고 전쟁하자는 소리나 다름없다.

반도체는 말 그대로 현대 산업의 쌀이고 기술의 집약체이니까.

당장 러시아에서 무기 부족 사태가 벌어지는 이유가 뭔가?

바로 반도체 부족 때문이다.

현대의 무기에는 반도체가 필수인데, 반도체가 없으니 2차 대전 당시의 소위 멍텅구리 무기류를 쓸 수밖에 없었던 것.

그리고 그걸 알고 있는 한국 입장에서 반도체 동맹 가입은 자살행위다.

만일 극단적으로 사이가 틀어지면 한국은 중국, 러시아와 가장 가까이에 있기에 첫 번째 표적이 될 수밖에 없다.

물론 미국이 동맹이니 함께 방어하는 것도 방법이지만, 한국이 전쟁터가 되는 경우 일본은 만세를 부를 거다.

일본은 한국의 6.25 전쟁을 통해 부활했고, 새로운 전쟁은 그들에게 다시 한번 기회가 될 거라고 믿고 있으니까.

실제로 일본의 극우 세력은 '한국에서 전쟁이 한 번만 더 일어나면 우리는 전 세계 최고의 국가가 된다.'라고 공공연하게 말하고 다닌다.

당연히 그렇게 한국이 가루가 되면 일본과 중국은 무슨 수를 써서라도 한국이 재기 못 하게 발악할 거다.

"그래서 골치가 아프다네."

'원래 역사에서는 이 정도는 아니었는데. 정권의 문제? 아니야. 그것도 있겠지만 결국 한국의 파워 상승이 문제겠군.'

원역사에서도 반도체 동맹이라는 구조는 있었다.

하지만 외교에서 정권에 따라 대응이 달라지는 건 상식이고, 무엇보다 미국이 송정한의 성향을 모를 리가 없다.

송정한은 절대로 중립을 훼손하면서까지 반도체 동맹에 가입할 사람이 아니다.

그러나 그렇다고 해서 중국이나 러시아에 반도체 기술이나 장비를 공급할 사람도 아니다.

한국도 중국에 상당히 조심하고 있는데, 그중에는 알게 모르게 반도체 기술과 장비에 대한 공급을 제한하는 것도 포함된다.

당연하게도 모른 척 제한하는 것과 대놓고 조져 버린다고 티를 내는 건 전혀 다른 문제다. 그걸 미국이 모를 리가 없다.

한국은 중국에 대해 지난 수십 년간 그 포지션을 유지해 왔으니까.

그런데 이렇게까지 몰아붙인다?

"우리에게 여력이 있다고 생각하는군요."

"그것도 사실이고."

"어느 정도는 사실이죠."

원래대로라면 곡소리가 났어야 하는 한국 경제는, 노형진의 오랜 준비 덕분에 그리 큰 타격을 입지는 않았다.

서방측은 그 점을 보고 상대적으로 상황이 좋은 한국에 국제적으로 더 많은 책임을 지라고 압박하는 거다.

"다른 건 모르겠지만 이 문제는 애매하거든."

"그렇죠."

중국이야 어차피 한국이라면 때려죽이고 싶어 하니까 둘째 치고, 사우디는 전혀 다른 문제다.

사우디에서 석유를 수입하지 않는다고 해서 그 나라의 힘까지 무시할 수는 없다.

만일 석유수출국기구인 오펙에서 한국에 석유를 팔지 않

겠다고 해 버리면 대한민국은 그날로 망해 버릴 거다.
"너는 상대적으로 상황이 나으니까 몸빵을 해라 이거군요."
"정확해."
"흠……."
노형진은 그 말에 입맛을 다셨다.
원래 역사와는 많이 바뀐 이야기였으니까.
원래 역사에서는 한국에 큰 책임을 묻지 않았다. 그만큼 한국의 지형성이 특수하고, 또한 정치적 중립을 지키려고 많이 노력했기 때문이다.
그런데 이제 와서 책임을 지라고 한다?
'아무래도 상황이 안 좋다고 판단되는 모양이네.'
이해가 안 가는 건 아니다.
당장 얼마 전에도 우크라이나에 막대한 포탄을 공급하라고 압박하지 않았던가?
노형진의 기지가 아니었다면 아마 그 사건으로 한국은 러시아와 적대적 관계로 돌아섰을 것이다.
"그래서, 우리한테 원하는 게 정확히 뭡니까? 또 우크라이나에 무기를 공급하라는 건 아니죠? 설마, 중국에 경제적 선전포고라도 하라는 겁니까?"
그런 거라면 거절해야 한다.
사실 우크라이나에서 아무리 밀린다고 해도 당장 마이스터 군수공장에서 생산되는 많은 무기들이 그들에게 흘러가고 있고, 상대적으로 원래 역사에 비해 훨씬 많은 숫자의 사람들이 생존한 상황이다.

그런 상황에서 러시아인을 죽이라고 우크라이나에 한국의 이름으로 무기를 공급한다?

그야말로 난리가 날 거다.

"그것도 원하는 모양이지만, 궁극적으로는 중립 노선을 확실하게 버리고 서방 세력으로 들어오기를 원하고 있다네."

그 말에 노형진은 고개를 흔들었다.

썩어도 준치라고, 중국은 중국이다.

애초에 중국이라는 시장을 잃어버리면 미국이 그 자리를 메꿔 줄까? 아니, 그럴 리 없다.

실제로 원역사에서는 중국과 사실상 적대하는 정권이 들어섰지만, 미국은 그로 인한 손실을 고려해 주기는커녕 도리어 한국을 뜯어먹기 위해 더더욱 몰아붙였다.

한국에는 중국에 물건을 팔지 못하도록 딱 선을 그어 버리고 그 대신 미국산 물건을 중국에 미친 듯이 팔아먹었다.

"자네는 어떻게 생각하나? 우리가 미국에 붙으면 과연 미국이 우리를 돌봐 줄까?"

"절대 아닙니다. 한국은 미국 기준으로 2급 동맹일 뿐입니다."

그건 부정할 수 없다.

어떤 정권이 들어서고 어떤 관계가 만들어지든, 한국은 절대로 1급이 되지 못했다.

1급 국가는 한국이 아니라 일본이고, 전쟁이 터지면 미국은 일본을 지키기 위해 기꺼이 한국을 전쟁터로 만들 거다.

"프랑스가 핵 개발을 할 때 미국이 압박하자 프랑스에서 물었다죠, 당신들은 프랑스 파리를 지키기 위해 뉴욕을 포기할 수 있느냐고."

미국은 대답하지 못했다. 왜냐, 그럴 수가 없다는 걸 아니까.

그리고 미국의 반응으로 확신을 가진 프랑스는 핵 개발에 매진했다.

"미국에 과연 서울을 지키기 위해 도쿄를 포기할 수 있느냐고 물어보면 대답이 뭐일 것 같습니까?"

당연히 포기 못 한다고 할 거다.

현시점에서 서울은 그저 중국의 대군을 막기 위한 시가전 예상 지점 또는 중국의 핵 낙하지점이라고 판단할 테니.

"중요한 건 그거죠. 한국은 미국의 편이어야 합니다. 하지만 그렇다고 미국에 붙어서는 안 됩니다."

이 두 가지는 절대적으로 다르다.

미국의 편이라면 한국에 선택지가 있지만, 미국에 붙어 버리면 한국에는 선택지가 없다.

"흠……."

노형진의 말에 송정한은 떨떠름한 얼굴이 되었다.

그도 그럴 게, 그도 그렇게 생각하지만 쉬운 일이 아니니까.

동맹인 미국을 편들어 주는 것과 별개로 한국도 먹고살아야 하지 않겠는가?

마이스터가 우크라이나에 무기를 공급할 수 있는 것도, 공식적으로 마이스터는 미국 기업이고 노형진은 그저 대변인일 뿐 결정권을 쥐고 있는 건 마이스터여서다.

그렇기 때문에 한국이 중국과 러시아와 어느 정도의 거래를 할 수 있는 거다.

그런데 그마저도 아예 단절하라고 요구하는 것은 심각한 문제다.

"미국은 상당히 노골적으로 압박하고 있네. 우리가 은밀하게 판매하지 않겠다고 해도 말이야."

"그럴 겁니다. 그들이 원하는 건 그게 아니거든요."

"아니라고?"

"네. 이미 미국은 한국이 중국과 러시아에 반도체 기술이나 장비를 팔아먹지 않을 거라는 걸 알고 있습니다."

그럼에도 왜 자꾸 한국에 반도체 동맹에 가입하라고 압박을 가할까?

이유는 간단하다.

그에 가입하는 순간 중국과 러시아는 한국을 향해 미친 듯이 경제적 공격을 할 수밖에 없고, 그로 인해 한국은 그들과 손절하고 다시 과거처럼 미국에 종속될 수밖에 없기 때문이다.

"그러니까 우리를 공격하는 게 아니라 중국을 자극하는 거군. 우리를 공격하라고 말이야."

"네, 그런 겁니다. 우리는 중립을 포기하지 않을 테니까, 중국이 한국을 포기하게 만드는 것도 하나의 수단이죠. 그리고 그렇게 되면 한국의 반중국 정서가 더 심해질 겁니다."

단순히 지금처럼 '중국 싫어' 정도가 아니라 중국과의 전쟁도 결사해야 한다는 분위기가 조성될지도 모른다.

"미국에서의 압력이 상상 이상인데 포기해야 하는 건가? 걱정이군."

하지만 노형진은 그걸 다르게 생각했다.

"그러니까 우리가 버텨야죠."

"그게 무슨 말이지?"

"간단합니다. 목마른 놈이 우물 찾는다는 거죠."

"목마른 놈이 우물 찾는다?"

"미국이 오죽 급하면 한국에 압박을 가하겠습니까?"

사람이나 나라나 마찬가지다. 상황이 위급하다고 판단되니까 더더욱 압박하는 거다.

"중국의 전랑 외교를 생각해 보세요."

중국의 전랑 외교, 즉 싸우는 늑대 외교의 방식은 간단하다.

시키는 대로 하면 살려 주고 저항하면 말려 죽인다.

그런데 상식적으로 여유가 있다면 전랑 외교를 할 이유가 없다.

왜냐, 타국을 위협해 관계를 불편하게 만들면서까지 이익을 취할 필요가 없으니까.

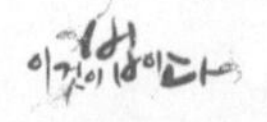

미국이 전 세계에서 아군을 가장 많이 구한 나라가 된 이유가 뭘까?

땅이 커서? 아니면 무기가 가장 많아서?

아니다. 필요한 경우 엄청난 지원을 해 줬기 때문이다.

그게 무기든 돈이든, 필요한 경우에 '나는 동맹을 지킵니다.'라고 그간 이미지를 쌓아 왔기 때문에 동맹이 많은 거다.

물론 그 과정에서 뒤통수도 많이 맞았고 도리어 그게 적의 무기가 되어서 돌아오기도 했지만, 그럼에도 퍼 줬고 국가 단위로는 가장 많은 동맹을 얻을 수 있었다.

"두툼한 지갑에서 여유가 나온다는 건 사람에게만 해당되는 말이 아닙니다."

그건 국가도 마찬가지다.

"그 말은, 자네가 보기에는 미국도 다급하니까 저렇게까지 압박을 하는 거라는 뜻인가?"

"네, 맞습니다. 미국도 과거의 미국이 아니니까요."

극한의 자본주의가 지금의 미국을 만들었지만 동시에 미국에서는 온갖 문제가 터져 나오고 있다.

극한의 자본주의는 극한의 우민화를 불러일으켰고, 그 우민화 덕분에 소수의 천재가 다수의 하층민을 이끌어 가는 형태의 나라가 된 것.

"그렇다 보니 구조적으로 심각한 문제가 생기죠."

엘리트 정치는 정상 작동할 때는 아주 좋은 방식이지만 비틀리기 시작하면 극단적으로 비틀린다.

"한국도 그렇지 않습니까?"

"그건 그렇지."

한국도 엘리트 정치로 인해 극단적으로 비틀린 정치 문화를 가지고 있다.

그리고 그게 심해진 상황이니 미국은 어떻게 해서든 그 상황을 타개해야 하는데, 그 방법이 바로 같은 동맹에 대한 압박이다.

사실 한국은 동맹이지만 1급 동맹은 아니니 압박에 대한 부담도 덜할 수밖에 없다.

"그렇기는 한데 압박이 장난 아니야. 사실 사람들은 잘 모르겠지만……."

"미국에서 한국에 은밀하게 경제제재를 가하고 있죠?"

"알고 있었나?"

"요즘 경제가 나락으로 가는데 모를 리가 있나요?"

사람들은 미국이 한국에 은밀하게 압박을 가하는 경우가 많다는 걸 잘 모른다.

실제로 그때마다 한국의 경제는 휘청거렸다.

미국과 중국이 다른 점은, 중국은 소리를 지르면서 칼을 찌르는 반면 미국은 웃으면서 칼을 찌른다는 거다.

"그래서 여러 가지로 복잡한 게 많아. 일단 서민들의 대출 문제도 그렇고."

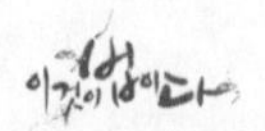

그렇잖아도 코델09바이러스의 영향이 끝나지 않은 시점에서 경제의 하락은 모두에게 충격으로 다가올 수밖에 없다.

"다른 사람들은 뭐랍니까? 뭐, 저를 부른 시점에서 대충은 알 것 같습니다만."

노형진의 질문에 송정한은 쓰게 웃었다.

"인도를 이용하자고 하더군."

"하아~ 역시나 그렇군요."

인도를 이용해서 미국의 압박에서 벗어나자.

그건 이미 노형진이 한번 써먹은 방법으로, 실제로 인도는 마이스터로부터 막대한 지원을 받아 반도체 공장을 올리고 있다.

"멍청하군요."

하지만 노형진은 멍청하다는 말을 하지 않을 수가 없었다.

왜냐, 인도 같은 제3세계가 중국은 대체할 수 있어도 미국은 대체할 수 없으니까.

"인도를 이용하는 건 미국에서 인도에 손대지 않는다는 전제하에만 가능합니다."

"그렇지."

"그런데 인도는 이미 반도체 동맹에 관해 우호적인 것으로 알고 있습니다만?"

"당연한 거 아닌가? 인도가 바보도 아니고."

인도는 원래 역사에서는 아무것도 하지 않았다.

왜냐, 애초에 반도체 공장이 없었으니까.

하지만 지금은 중국을 대신해서 저가형의 반도체 공장이 만들어지고 있다.

“중국의 반도체가 망하면 그 자리는 인도가 차지할 수밖에 없죠.”

인도는 중국과 사이가 안 좋다.

그리고 아이러니하게도 중국과 가장 활발하게 거래하는 것도 인도다.

“인도라면 철저하게 중립을 지킬걸요.”

인도가 반도체 동맹에 우호적인 이유는 중국과 러시아 반도체가 고사하면 그곳에 반도체를 팔아먹을 게 인도뿐이기 때문이다.

실제로 인도는 제3세계 국가 세력을 꿈꾸면서 정책을 만들어 왔으며, 현시점에서는 제3세계 국가의 대표 격은 되는 나라다.

“그런 나라를 어떻게 더 이용한다는 건데요?”

“그게 문제야.”

인도를 이용해서 압박을 가해 벗어나자는 말.

말은 쉽게 할 수 있다. 그러나 “어떻게?”라고 질문하면 “글쎄요.”라는 대답이 돌아온다.

“오죽하면 자네를 불렀겠나?”

자문위원이라지만 노형진이 외교 전문은 아니기에 보통은

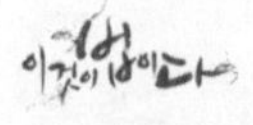

노형진을 불러오지는 않는다.

그만큼 송정한이 답답한 것이었다.

"흠…… 그러면 일단 우리가 해결해야 하는 문제는 세 가지군요."

"그렇지."

첫 번째는 중국과 러시아에 대항하는 반도체 동맹의 문제.

두 번째는 사우디아라비아에서 벌어지는 페트로 달러 체제의 이탈 문제.

세 번째는 미국이 은근히 행하고 있는 경제적 압박의 문제.

"일단 하나씩 해결해 보죠. 반도체와 관련해서, 수출하지 않겠다고 해도 말 안 듣죠?"

"미국은 무조건 명문화를 요구하고 있다네."

노형진은 예상대로라고 생각하며 고개를 끄덕거렸다.

'원래 역사에서도 그랬지.'

원역사에서도 명문화는 하지 않았다.

하지만 끝끝내 미국의 눈치를 보면서 대중국의 반도체 수출량을 줄일 수밖에 없었다.

중국도 중국이지만 중국에서 수입한 그 반도체들이 러시아가 미사일 같은 첨단 무기를 만드는 데 사용되었기 때문이다.

그런데 황당하게도 중국이나 러시아는 최신 장비를 계속 만들었다.

왜냐, 그 수출 물량을 미국 기업들이 다 처먹었기 때문이다.

심지어 지금 대만은 자신들이 만든 반도체로 미사일이 만들어지고 그 미사일이 자신들에게 날아올 거라는 걸 예상하면서도 중국에 엄청난 양의 반도체를 넘기고 있다.

즉, 말이 반도체 동맹이지 현실은 '한국만 조지자' 동맹에 가까웠다.

물론 그 동맹에 속해서 반도체 장비와 최신 반도체가 중국과 러시아로 덜 넘어간 건 사실이다.

하지만 덜 넘어갔을 뿐이지 아예 안 넘어간 것도 아니다.

그리고 애초에 더 좋은 반도체를 넘기는 건 대만이지 한국이 아니다.

그런데도 대만은 그대로 두고 한국만 조지는 상황.

"일단 반도체는 무조건 중국에 넘겨야 합니다."

"하지만 미국에서 압박을 심하게 하는데?"

"그러니까 그 압박을 해결할 수 있는 새로운 무기를 만들어야죠."

"새로운 무기?"

"네."

"그게 뭔데?"

"이번에는 인도가 아니라 사우디를 이용해야죠."

뜻밖의 발언에 송정한의 눈이 휘둥그레졌다.

"뭐라고? 사우디를 이용하자고? 하지만 지금…… 사우디는 미국과 사이가 안 좋은데."

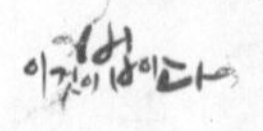

"그래서 이용하는 겁니다."

노형진은 씩 웃었다.

"사우디는 페트로 달러를 포기 못 합니다. 사실 이건 뻥카죠."

"그렇지?"

"그러니까 그 뻥카에 우리가 약간의 양념만 쳐 주면 됩니다."

노형진은 자신 있게 말했다.

"제가 특사라는 걸 한번 해 봐야겠네요."

"특사?"

"네. 약간의 양념을 가지고 말입니다, 후후후."

⚖

사우디아라비아는 왕정 국가다.

그리고 사실 노형진과 사우디아라비아는 좀 데면데면한 사이이다.

과거에 모종의 사건과 관련해서 노형진은 사우디를 압박했고, 그 과정에서 적지 않은 무기를 빼돌렸기 때문이다.

당연하게도 사우디는 발끈했지만 그렇다고 해서 싸운 건 아니었다.

사우디도 노형진이 어떤 힘을 가지고 있는지 알고 있기에 굳이 싸우기보다는 그냥 먹고 떨어지라는 느낌으로 대했기 때문이다.

사실 그 정도 무기는 사우디에 비싼 것도 아니었다.

오죽하면 반군이 나타나면 사우디군이 무기를 죄다 버리고 도망쳐서 사우디 반군의 최대 무기 공급처는 사우디군이라는 소리가 나올 정도니까.

그래서 사우디는 이 정도로 끝내자는 식으로 냉철하게 판단했고, 노형진은 그걸 받아들였다.

하지만 아무리 그래도 특사 자격으로 한국에서 찾아온 노형진을 무시할 정도는 아니었다.

"반갑습니다. 사우디 외교부 장관인 빈 아주람이라고 합니다."

나이가 50대 정도 되어 보이는 남자와 마주하며 노형진은 고개를 숙였다.

"노형진이라고 합니다."

"사우디에 오신 걸 환영합니다."

빈 아주람은 인사를 받으면서도 묘한 표정이 되었다.

사우디와 노형진이 어떤 식으로 싸웠는지 알고 있는 사람이니까.

하지만 그걸 굳이 티를 내지는 않았다.

"한국의 특사로 오신 걸 환영합니다."

"별말씀을요. 한국은 언제든 사우디와 좋은 관계를 이어가고 싶습니다."

그다음은 뻔했다.

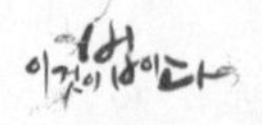

노형진이 사우디에 특사로 왔다 한들 진짜 외교관도 아닌 마당에야 할 수 있는 건 한정되어 있다.

당연히 거의 대부분의 실무는 노형진을 따라온 정부 측 인사가 알아서 해결할 테니, 노형진은 그저 얼굴마담 역할을 할 뿐이었다.

그랬기에 도리어 사우디 측은 노형진이 왜 왔는지 너무 궁금해졌다.

한국 정부도 노형진과 사우디아라비아의 관계를 모르는 바가 아닐 텐데 왜 굳이 노형진을 보냈는지 이해가 가지 않았던 것이다.

"분위기 좋군요."

이슬람 국가라 술도 없고 음식도 많이 다르지만, 그래도 석유 부국인 사우디아라비아에서 주최한 환영 만찬인 만큼 화려하기 그지없었다.

노형진은 술 대신에 사우디 전통 음료인 쏘비아를 들고는 사람들을 바라보았다.

그러자 그 모습을 본 빈 아주람이 조용히 노형진에게 다가왔다.

"잠깐 이야기 가능하실까요?"

"그러시지요."

노형진은 빈 아주람을 따라 어느 조용한 방으로 향했다.

그와 함께 방 안으로 들어간 빈 아주람은 문을 닫으며 말했다.

“여기는 아무도 오지 않습니다. 도청 장치 같은 것도 없고요.”

그러고는 빈 아주람은 왠지 떨떠름한 얼굴로 노형진을 쳐다보았다.

“대통령 친서에는 자세한 이야기가 적혀 있지 않더군요. 그저 미스터 노에게 직접 들으라고만 적혀 있던데요.”

“아, 네. 뭐, 그만큼 중요한 일이니까요.”

“무슨 일이시기에요?”

“저희는 이번에 사우디아라비아가 페트로 달러 체제에서 벗어나는 것을 적극 환영하는 바입니다.”

“네?”

그 말에 순간 빈 아주람의 얼굴이 굳었다.

왜냐하면 이건 예상하지 못한 일이었으니까.

노형진은 그런 빈 아주람의 얼굴을 보면서 미소 지었다.

“……라는 건 공식적인 의견입니다.”

“공식적인 의견?”

“페트로 달러에서 벗어날 생각이 없다는 건 사실 다들 알지 않습니까?”

“…….”

“저도 알고 미국도 알고 다른 나라도 알죠. 모르는 건, 아니 모른 척하는 건 지금 똥줄이 바짝바짝 타고 있는 저기 중국이나 러시아 정도겠죠.”

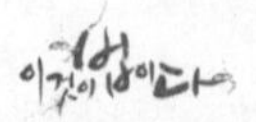

그들은 상황이 급하다 보니 어떻게든 지금 미국의 패권을 쥐고 흔들기 위해 안 될 걸 알면서도 사우디아라비아에 접근해 페트로 달러 체제를 붕괴시키려고 노력 중이다.

가능성은 아주 희박하지만 만에 하나 무너트릴 수 있다면 세계를 도모할 수 있으니까.

"딱히 비밀도 아니긴 하죠."

하지만 대립각을 세운다는 것만으로도 사우디아라비아는 미국에 좀 더 우월한 입장에서 관계 개선을 요구할 수 있다.

"애초에 페트로 달러가 무너지면 미국이 사우디아라비아를 가만둘 리가 없죠. 아마 중국 그 이상으로 갈려 나갈 겁니다. 그렇잖아도 사우디아라비아와 미국이 싸우는 문제가 인권 문제 아닌가요? 공식적으로는 말이죠."

만일 사우디아라비아가 페트로 달러를 포기하면 어떻게 될까?

당연히 미국은 보호를 포기할 거다. 아니, 역성 쿠데타를 시도할 거다.

페트로 달러는 단순한 기축통화의 문제가 아니다. 그게 사라지면 미국은 어마어마한 적자와 인플레이션에 망할 수밖에 없다.

그걸 알기에 중국이 페트로 달러를 포기하라고 사우디를 살살 꼬드기는 거다.

이길 수가 없으니까 내부에서부터 무너트리기 위해서.

'내부에서 무너지라고 미국에 무제한으로 마약을 뿌리는 놈들이니.'

그리고 그걸 미국이 그냥 두고 보지만은 않을 거다.

그 사실은 사우디아라비아도 잘 알고 있고.

"그러니까 쇼를 하려면 더 적극적으로 해야지요."

"더 적극적으로 한다는 게 무슨 소리입니까?"

"어차피 사우디아라비아는 용병으로 나라를 지키지 않습니까?"

"그렇죠."

"그들을 마이스터에 넘기시죠."

그 말에 순간 빈 아주람은 어이없는 표정을 지었다.

"뭔 말도 안 되는 소리입니까?"

"어차피 사우디아라비아의 군대가 개판인 건 잘 아실 텐데요?"

"……."

"제대로 된 전투나 훈련도 안 되고 있죠."

당장 노형진이 그 부분을 이용해서 비싼 장비를 엄청나게 털어먹지 않았던가?

실제로 반군이 총 한 발 쏘면 장갑차고 무기고 다 버리고 도망가는 게 사우디아라비아군이다.

"사우디아라비아는 미국의 보호를 받죠. 그래서 사우디아라비아군은 사실상 거의 쇼에 가깝죠."

정확하게는, 돈을 빼돌리는 창구에 가깝다.

100억짜리 무기를 150억에 구입하고 50억을 빼돌리는 것.

그게 사우디아라비아의 일반적인 일상이다.

무기를 손실하는 거? 중요하지 않다.

왜냐, 잃어버린 만큼 새로 사면 그만인 데다 새로 사는 만큼 또 뇌물을 받을 수 있으니까.

"한국 군사형법에는 적전 도주죄가 있습니다."

전쟁 또는 전투 중에 교전을 거부하고 적 앞에서 도주하는 경우 사형, 무기 또는 10년 이상 징역이다.

그리고 이는 한국만의 악법이 아니다. 거의 대부분의 나라의 법에 그러한 조항이 있다.

일반적으로 사람들이 생각하는 탈영 또는 항복과는 그 방향성이 좀 다른데, 최소한 탈영은 교전 상태가 아닌 상황에서 병역을 면탈할 목적으로 도주하는 거라 그 죄가 상대적으로 약하고 항복은 교전을 시도하였으나 대부분의 경우 역량이나 화력 부족으로 살아남은 사람들이 생존을 위해 선택하는 것이기 때문에 도주로 보지 않는다.

하지만 적전 도주죄는, 싸울 의사도 없고 싸우려는 시도도 하지 않으며 심지어 싸우고 있는 동료를 버리고 도주하는 거다.

작전에도, 군 내 사기에도 지독한 악영향을 끼친다.

"그런데 사우디에서는 적전 도주죄에 강한 처벌을 하지 않는 것으로 알고 있는데요."

"음……."

적전 도주죄가 벌어져도 사우디군은 제대로 된 처벌을 하지 않는다. 왜냐하면 온갖 복잡한 문제가 걸려 있기 때문이다.

'일단 장교 문제도 그렇지.'

적전 도주가 한 명도 아니고 집단으로 벌어지는 것은 장교가 사망하거나 그 장교가 도주했을 때다.

문제는 그거다. 사우디아라비아의 장교는 내국인이고, 대부분 권력을 가진 소위 귀족 계층이다. 당연히 제대로 된 군사적 역량도 없고 능력도 안 되고 군사 계급으로서 별을 단다는 목적도 없다.

사우디아라비아에서는 높은 직위는 무조건 왕가만이 차지할 수 있기 때문이다.

당장 여기서 노형진과 이야기하고 있는 빈 아주람도 서열에서는 좀 밀리긴 하나 왕가 사람이다.

그런데 그런 사람을 적전 도주죄로 처벌한다면?

그렇잖아도 부족한 장교들이다. 풍족한 사우디 국민으로서의 생활을 포기하고 힘든 군 생활을 하라?

주차장에 버려진 스포츠카가 쌓여 있는 나라가 바로 사우디아라비아다.

그런데 어제만 해도 최고급 스포츠카를 끌다가, 군인이 되는 순간 개같이 굴러야 하고 불편한 군복을 입고 찜통 같은 장갑차나 전차를 타고 사막을 뛰어다녀야 한다.

그런데 누가 군대에 가려고 하겠는가?

그렇다 보니 군 장교의 질은 바닥을 치고 있었고, 그들이 도망가도 제대로 된 처벌을 하지 못한다.

바로 여기서 문제가 발생한다.

장교는 처벌하지 않는데 부하를 처벌하면 웃긴 거다. 거의 대부분 도주는 장교부터 하는데 말이다.

실제로 적전 도주를 해도 사우디에서 이루어지는 처벌은 기껏해야 추방 정도다.

'그게 가능한 건 누구도 사우디를 건드리지 않기 때문이지.'

사우디군이 아무리 약하고 허접해도, 그래서 총소리만 나도 도망간다는 이미지가 강해도 누구도 사우디를 건드리지 않는다.

사우디의 군사력이 세계 17위로, 의외로 막강하기 때문일까?

아니다. 사우디아라비아의 17위라는 군사력은 사람이 아닌 무기의 군사력이다. 무기는 최고급으로 왕창 쌓아 놨으니까.

심지어 한국에는 아직 보급도 되지 않은 K2C1을 구입해서 사용할 정도다.

그런데 왜 건드리지 않느냐?

그 이유는 간단하다. 바로 미국 때문이다.

페트로 달러의 조건은 바로 미국의 사우디 보호다.

미국은 서울을 위해 뉴욕을 포기할 수는 없겠지만 사우디아라비아의 수도인 리야드를 위해서는 포기할 수도 있을 거다.

왜냐, 페트로 달러는 미국 패권의 핵심이니까.

"문제는 그걸 미국도 안다는 거죠."

미국이 손 떼는 순간 사우디아라비아는 주변 국가들에 의해 갈가리 찢어 먹힌다.

당장 바로 옆에 이란이 있고 이라크가 있다. 전투력으로 보면 사우디아라비아는 아예 게임 자체가 안 된다.

이라크는 나라가 무너지다시피 했다지만 수십 년째 미국과 싸우고 있는 ISIS를 비롯한 반군들이 꽉 잡고 있고, 이란은 사우디아라비아와 철천지원수나 다름없다.

만일 이란이 이라크를 넘어서 사우디아라비아로 진군한다면 이라크 놈들은 같이 진격했으면 진격했지 모국을 지키겠다고 남을 놈들이 아니다.

애초에 이라크라는 나라는 통째로 붕괴되다시피 한 상황이니까.

"음……."

그걸 알기에 사우디아라비아의 페트로 달러 포기는 불가능하며, 미국도 자존심은 상하지만 그게 가능하리라고는 생각하지 않는다.

"그리고 이 모든 나라의 핵심이 바로 군대죠. 그렇다면 돈만 가진, 자체 군사력이 없는 나라에서 가장 위험한 건 무엇일까요?"

그 말에 빈 아주람은 아무런 말도 못 했다. 누구보다 잘 아니까.

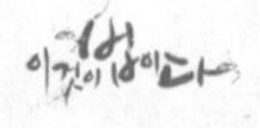

"바로 군대죠. 그것도 용병."

사우디아라비아의 군대는 거의 대부분이 파키스탄 출신의 용병으로 구성되어 있다. 그리고 그들은 돈을 바라고 사우디에 왔다.

"그들은 무기가 있고 그들을 통제하는 장교는 무능하기 그지없죠. 이런 상황에서 왜 문제가 안 생길까요?"

당연히 이유는 하나뿐이다. 바로 미국 때문이다.

파키스탄 군인들이 아무리 날고뛰어도 저격수 하나 없애겠다고 미사일을 날려 대고 드론으로 저 멀리서 죽여 대는 미국을 상대로 이길 수는 없다.

"파키스탄 출신의 군인이라……. 믿으십니까?"

"우리 군대를 무시하는 겁니까?"

"물론 아닙니다. 하지만 미국은 무시하겠죠."

"끄응."

"가령 미국에서 파키스탄 용병들에게 은밀하게 돈을 주고 쿠데타를 요청한다면 어떻게 될 것 같습니까?"

아마 사우디아라비아는 저항은커녕 찍소리도 못 하고 귀족들과 왕가의 모가지가 날아갈 거다.

그날로 리야드에는 기름 대신 피가 줄줄 흐를 테고, 파키스탄 군부는 당장 새로운 왕정을 세우려고 할 거다.

그들도 보고 배운 게 있으니 사우디를 꽉 잡고 미국에 잘 보이기만 하면 자신들의 권세가 오래 지속되리라는 걸 알 테니까.

설사 아니라고 해도 미국은 사우디아라비아를 구원한다는 핑계로 사우디 내부로 군을 밀어 넣을 테고, 아마 그때쯤이면 사우디아라비아의 왕가는 싹 다 참수된 후일 것이다.

"운이 좋다고 해도 결국 허수아비 하나 세워 두고 그에게 왕 하라고 하겠죠."

물론 그 허수비아는 친미국, 아니 미국에 충성을 바치는 사람이 될 테고 말이다.

"그렇게 약한 사우디아라비아군이지만 지금 그나마 숫자도 줄고 있지 않던가요?"

"다 알고 오셨군요."

그마저도 숫자가 줄고 있다. 그래서 점점 사우디 자체의 방어력은 극도로 제한되고 있다.

"알고 있죠. 모를 수가 없죠."

그렇게 숫자가 줄어드는 이유는 두 가지다.

첫 번째는 예멘 반군.

사우디아라비아의 실력이야 어찌 되었건 그들은 군인이고 지금 사우디아라비아는 예멘 반군과 전쟁 중이다.

그런데 예멘 반군은 실력도 좋고 경험도 많으며 심지어 사우디에서 노획한 무기들이 있는 경우는 무기까지 좋다.

그렇다 보니 파키스탄에서 온 사람들 입장에서는 죽을 확률이 높아진다.

용병이라지만 용병이라는 게 죽고 싶어서 환장한 직업은 아니다. 그런데 고용되는 경우 높은 확률로 예멘 반군이 있는 전선으로 배치되니, 당연히 아무리 돈을 준다고 해도 거부하는 거다.

더군다나 동료나 지휘부의 실력이 워낙 바닥이다 보니까 당연히 생존율이 떨어질 수밖에 없는 상황.

그렇다 보니 자연스럽게 지원자도 줄어든다.

두 번째는 바로 파키스탄에 자리 잡고 있는 어마어마한 숫자의 탈레반이다.

그들은 분명 이슬람 세력이지만 사우디아라비아와는 종교관이 다른 데다, 국가를 전복하고 이슬람 성전이라는 이름하에 이슬람 국가를 세우려 하고 있다.

문제는 지금 파키스탄은 거의 대부분의 지역을 그런 탈레반에 통제당하는 상황이라는 것.

당연히 파키스탄에서 넘어오는 인간들이 진짜로 용병인지, 아니면 기회를 봐서 사우디아라비아를 뒤집으려고 하는 극단적 탈레반인지 구분할 수가 없다.

애초에 파키스탄의 상황이 신분 조회를 해 줄 정도로 녹록하지는 않으니까.

"우리에게는 국가 근위대가 있습니다!"

"그래요? 그러면 만일 용병이 반대로 몰려온다면 그들이 조국을 위해 싸우겠습니까?"

그 말에 빈 아주람은 아무런 말도 못 했다. 그럴 가능성은 낮기 때문이다.

분명 국가 근위대는 존재한다. 그리고 그 특성상 용병이 아닌 자국민으로 구성되어 있다.

하지만 숫자는 고작해야 1만 명 정도고, 장비도 전차는커녕 아주 오래된 장갑차 정도뿐이다.

왜냐하면 있어 봐야 안 쓰니까.

사우디아라비아에서 군대란 조국을 지키고 국민을 보호하는 집단이라기보다는 그냥 갈 곳 없는 사람들이 가는 최악의 직장이라는 느낌이 강했고, 당연히 제대로 된 체력 훈련도, 군사작전도 이루어진 적이 없다.

"그래서, 원하는 게 뭡니까?"

"그걸 미국도 알죠. 그러니까 최소한 정상으로 돌리는 척이라도 해야죠."

"정상으로 돌려요?"

"간단한 거죠. 미국이 있기에 지금 사우디아라비아군이 반역을 일으키지 못하는 겁니다. 그러면 누군가가 미국을 대신할 수 있으면 되는 거 아니겠습니까?"

"미국을 대신할 수 있는 누군가?"

빈 아주람은 노형진의 말을 따라 하며 고개를 갸웃했다.

이해가 가지 않았던 것이다.

한국이 그걸 대신한다?

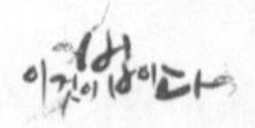

물론 한국의 군사력은 믿을 만하다. 무기도 좋은 편이다.

장교의 전술 능력이야 뭐, 떨어진다는 정도만 알지만 아무리 그래도 자기네들보다야 낫지 싶다.

그리고 애초에 미국이 비교군이라면 어떤 나라 장교든 간에 수준이 떨어질 수밖에 없다.

"하지만 한국군이 여기에 주둔하는 건 전혀 다른 문제인데?"

미국이 미쳤다고 한국군을 사우디아라비아에 주둔시키는 걸 용납하겠는가?

아니, 그걸 떠나서, 미국과 사우디아라비아가 충돌하는 시점에 과연 한국군이 사우디아라비아를 위해 무기를 들어 줄까?

"하하하, 한국군이라니요. 그럴 리가 있습니까?"

"그러면 누구를 말하는 겁니까?"

"당연히 용병이지요."

"용병?"

"네. 아레스 밀리터리 그룹 말입니다."

"오! 아레스! 그렇군요. 그게 있었군요. 생각해 보니 그들이 있었어. 한국에서 특사로 왔다는 사실만 생각하다 보니 그걸 잊고 있었어!"

빈 아주람은 탄성을 내질렀다.

"확실히 아레스라면 믿을 만하지요."

아레스는 공식적으로 한국의 밀리터리 그룹이다.

즉, 한국 정부와 주둔국에서 승인만 해 준다면 미국의 요구와는 상관없이 어느 나라에든 주둔할 수 있다.

"아레스는 전 세계의 어느 군사 기업보다 풍부한 군사 경험을 가지고 있죠."

대부분의 민간 군사 기업은 전투 경험이 없다.

누군가는 말도 안 된다고 할지도 모른다. 군사 기업이 전투 경험이 없다는 사실이 이해가 되지 않을 테니까.

하지만 아무리 민간 군사 기업이라 해도 선이라는 게 있고, 미국은 그 선을 넘는 걸 극도로 싫어한다.

방어 작전 또는 드러낼 수 없는 작전에 민간 군사 기업을 쓰기야 하지만 전면적인 전쟁에서 민간 군사 기업을 쓰는 건 꺼린다.

한때 그런 적이 있었는데, 당시 그들이 미국을 좌지우지했었기 때문이다.

바로 레톤탐정사무소다.

심지어 미국에서 대통령 경호실을 대체할 정도로 강력했고 미 국방에도 강력한 영향을 줬지만, 그 폐해가 너무 커 결국 축소시켜서 망하게 하지 않았던가?

그곳에서 얼마나 많은 부를 축적하고 빼돌렸는지, 그들이 감췄던 재산을 노형진이 찾아내고 은밀하게 처분하자 한순간 재산이 확 늘어나서 감추는 데 고생을 했을 정도였다.

"그렇다고 레드그룹에 맡길 수는 없지 않습니까?"

"끄응, 그렇지요."

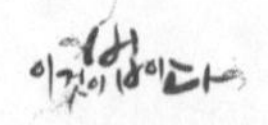

레드그룹.

러시아의 민간 군사 기업으로 현재 우크라이나 전선의 최전방에서 싸우고 있다.

그러니 그들을 받아들인다는 건 말도 안 된다.

최악의 경우 레드그룹은 러시아의 명령을 받고 사우디아라비아를 전복시킬 수도 있으니까.

말이 민간 군사 기업이지 러시아의 명령을 받는 특수부대라고 봐야 한다.

"그러니까 저희 아레스 밀리터리 그룹에서 지원해 드릴 생각입니다."

"하지만 한국군이 여기에 오려고 할까요?"

"오해하셨군요. 아레스 밀리터리 그룹은 한국 기업이지 한국인 군대가 아닙니다."

물론 상당수가 한국군 출신인 건 사실이다. 하지만 그것과 별개로 전투군은 전 세계에서 선발된 사람들이다.

"아프리카에서부터 중동 그리고 아시아까지, 전 세계에서 선발되어 활동 중이죠. 그 덕에 저희 아레스 밀리터리 그룹은 평균적으로 뛰어난 전투력을 보장할 수 있습니다."

"그런가요?"

"당연하죠. 가능하면 비슷한 환경에서 생활한 사람들을 파병 보내거든요."

예를 들어 아프리카에서 활동하던 사람을 혹한의 극랭지

로 파병을 보내면 과연 살아남을 수 있을까?

아니, 불가능하다.

물론 보급품이 있으니 죽지는 않을 거다.

하지만 추위에 적응도 제대로 못 할 테고, 비상시 대응 요령도 모를 거다.

그뿐만이 아니다. 몸이 굳어서 제대로 된 전투도 못 할 거다.

2차대전 당시에 소련을 침공한 독일 병사 중에 얼마나 많은 숫자의 병사가 얼어 죽었던가?

기후에 대한 적응은 군사작전에서 아주 중요한 요소 중 하나다.

"사우디아라비아는 극단적인 기후를 가지고 있죠."

"그렇지요."

왜 많은 나라 중에서 하필 파키스탄 출신의 용병이 많은가? 단순히 싸서?

아니다. 비슷하게 가난한 나라는 많다. 그럼에도 불구하고 파키스탄 출신이 많은 이유는 간단하다.

"기본적으로 건조하고, 밤에는 추운데 낮에는 더우며, 물이 극도로 귀한 국가니까요."

파키스탄이 그런 지형이다.

낮에는 더운데 밤에는 춥고 물이 극도로 귀하다. 그래서 사우디아라비아에 쉽게 적응한다.

차이점이라면, 파키스탄은 대부분 산지라는 것 정도?

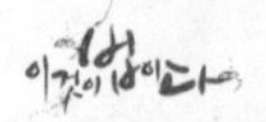

"사우디아라비아는 아프리카와 비슷하죠."

"하긴, 그렇군요."

아프리카와 비슷한 환경. 그러니 사우디아라비아에서는 분명히 잘 적응할 거다.

"그리고 저희 아레스 밀리터리 그룹은 적전 도주 같은 걸 하지 않습니다."

"어찌 그리 자신합니까?"

"지휘관이 누군데요. 당연히 안 하죠."

아레스 밀리터리 그룹의 지휘관은 부자 나라 출신이 많다.

어쩔 수가 없다.

가난한 나라에서 모집한 용병이라고 무조건 전략 전술에 뛰어난 건 아니니까.

병사로서의 재능과 장교로서의 재능은 완전히 다르다.

가난한 나라에서 뽑힌 병사들이 전투 능력은 뛰어날지 모르나 장교로서 전투에 필요한 전략 전술은 모른다.

그리고 기본적으로 학업 수준도 떨어지기에 높은 수준의 전략 전술을 배우는 데 오래 걸린다.

그렇다 보니 아레스 밀리터리 그룹은 한국에서 적지 않은 숫자의 지휘관을 뽑기도 했다.

"그들에게 적전 도주라는 건 용납 못 할 일입니다."

사우디아라비아의 구조상 지휘관이 죄다 귀족이라 내빼도 처벌을 못 하지만, 민간 군사 기업은 그럴 수 없다.

물론 형사처벌은 못 한다 해도 막대한 손해배상은 가능하다.

"거기다가 저희 아레스 밀리터리 그룹은 전 세계 어느 나라보다 드론을 잘 씁니다."

"드론?"

"러시아-우크라이나 전쟁을 보셔서 아실 텐데요? 이제 드론은 확실하게 전쟁의 핵심입니다."

수백만 발의 포탄을 쏟아붓는 것도 전략이지만 드론을 이용해서 하나하나 사냥하는 게 훨씬 더 싸고 정확하다.

아레스 밀리터리 그룹은 기본적으로 용병으로 이루어져 있다. 당연히 인건비도 비싸고 목숨값도 비싸다.

러시아가 징집병들을 소위 포탄 밥으로 밀어 넣는 것처럼 밀어 넣을 수는 없다.

"그래서 모든 병력은 무조건 드론을 사용하기 위한 훈련을 합니다."

그중에서 재능이 있는 사람들은 드론 조종수로, 나머지는 그들의 경호로 배치된다.

"그러면 적들은 우리를 밀고 들어와야 하지요."

그러나 그건 쉽지 않다.

일단 드론은 기본적으로 저격처럼 위치가 고정될 필요가 없다.

원거리의 방탄 처리된 차량 안에서 경호받으면서 조종해 공격하는 것이기 때문에 발각되기도 쉽지 않고, 설사 발각된다 해도 포격으로 제압하는 것은 사실상 불가능하다.

이동하면서도 드론 조종은 가능하니까.

더군다나 마이스터에서 쓰는 건 자폭 드론만이 아니다.

원거리에서 사격이 가능한 사격 드론 그리고 수류탄을 투하할 수 있는 투하 드론까지 다양하다.

그것들을 어찌어찌 뚫고 들어온다고 한들 이쪽은 이미 자리를 옮겼거나 방어 태세를 굳히고 있는 보병 전력과 싸워야 한다.

"그런데 그것도 쉽지 않습니다."

일단 이동 표적이니 포격은 무리다. 그러면 장갑차나 탱크 같이 이동이 가능한 걸로 추격해야 하는데, 그런 대상은 드론의 제1 표적이다.

나타나는 순간 자폭 드론이 가장 먼저 공격하고, 자폭 드론이 없다면 방어하면서 대기하고 있다가 대전차미사일로 잡는다.

결국 아무리 노력해도 도착하는 건 그냥 알보병인데, 아레스 밀리터리 그룹은 방탄 차량에 방탄복에 저격용 소총에 스코프까지 완벽하게 방어 태세를 갖추고 있다.

그걸 소총만으로 뚫는 건 불가능하니 당연히 RPG 계열이 있어야 하는데, 드론이 그걸 동원하는 걸 두고 볼 리가 없다.

"저희는 점령전을 하지 않습니다."

점령전은 어마어마한 숫자의 희생을 필요로 하고 방어에

막대한 돈이 들어간다.

"하지만 상대방을 어떻게 갉아먹는지는 알죠."

"흠……."

"저희가 숫자만 충분하다면, 이런 말 하면 미안하지만 훈련도 되지 않은 사우디아라비아의 용병 따위는 존재감 자체가 없게 될 겁니다."

당연하다.

현재 사우디아라비아에서 활동하는 용병은 드론 따위 쓸 줄 모른다. 최소한의 훈련도 하지 않으려고 하는데 드론 같은 최첨단 장비 훈련을 하겠는가?

"흠."

그 말을 들은 빈 아주람은 뭔가 복잡한 얼굴이 되었다.

그도 그럴 게 그는 외교 담당이지 군사 담당이 아니기 때문이다.

"좋은 생각입니다만 그건 제가 단독적으로 결정할 사안이 아닙니다."

"알고 있습니다. 그래서 제가 온 거고요."

"이해가 가지 않습니다만?"

"미국에서 왜 사우디아라비아군에 제대로 된 군사훈련을 시키지 않았겠습니까?"

미국은 그럴 능력이 된다.

막말로 아프가니스탄에서도 시도는 했던 게 미국이다.

게다가 사우디아라비아는 아프가니스탄처럼 무정부 상태도 아니다.

"만일 미국이 제대로 사우디아라비아군을 양성하려고 마음먹었다면 못 했을 것 같습니까?"

당연히 가능하다.

장비는 이미 충분하니 제대로 된 교관을 보내서 뒤집어엎어 버리면 그만이다.

그런데 그게 힘들다? 그래서 훈련을 안 한다? 그러면 자르면 그만이다.

"중간의 장교가 문제가 아니죠."

현대전에서 장교가 없다는 이유로 무너지는 군대는 드물다.

전쟁이 터지면 제1 타깃이 장교와 통신병이라는 건 상식이고, 그래서 거의 모든 훈련에서는 장교의 사망이 전제되어 있다.

실제로 아레스 밀리터리 그룹에서는 현지 심사를 할 때 온갖 상황을 설정하는데, 거기서 빠지지 않는 게 바로 장교의 사망이다.

심지어 어떤 경우는 장교의 극단적 무능을 상정하여 부대의 상황을 둘러볼 정도로 훈련을 실전처럼 하기도 한다.

그 정도로 장교는 전쟁이 터지면 가장 먼저 죽고, 소비가 계속되면 질이 떨어지기 때문이다.

그 사실을 알기에 현대전에서는 장교가 죽어도 최소한의

통제가 가능하도록 시스템을 만들어 둔다.

“그런데 그게 안 되지 않습니까?”

하지만 사우디아라비아는 그렇게 변하기가 어렵다.

일단 장교의 질부터가 바닥이고, 파키스탄 출신 용병의 지적 능력은 지휘하기에 너무 부족하다.

물론 미국도 그 사실을 알고 있으니 고치려고 하면 고칠 수야 있겠지만 그러길 원하지 않는다.

왜냐, 유사시 미국의 철수가 사우디아라비아의 지휘권 및 군대의 붕괴로 이어져야 하기 때문이다.

“그렇기 때문에 저희가 필요한 거죠.”

첫 번째, 유사시 쿠데타 등에 대비한 방어군으로서 존재하는 것.

두 번째, 장교 등 소수의 지휘권자를 투입함으로써 사우디아라비아군을 통제하는 것.

“그 정도만 되어도 사우디아라비아는 쉽게 무너지지 않을 겁니다.”

그리고 미국은 그게 극도로 불편할 거다.

“페트로 달러에서는 사우디아라비아가 벗어나지 못합니다. 하지만 미국의 영향력 아래에서 벗어나려고 하는 포지션은 확실하게 취할 수 있죠.”

그 말에 빈 아주람은 왠지 생각이 많아진 얼굴이었다.

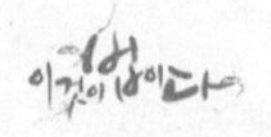

용병이라는 것

"그래서, 어떻게 생각하나?"

노형진의 제안에 사우디아라비아의 주요 왕족들이 모였다.

공식적으로는 국가 회의지만 애초에 왕족이 아니면 주요 관리직에 올라가지 못하니 결국 왕가 모임이나 다름없었다.

"제 생각에는 충분히 가능한 이야기입니다. 미국에서 군사력으로 우리를 통제하는 건 사실이니까요."

그리고 진짜로 페트로 달러에서 벗어난다고 하면 미국은 사우디아라비에서 손을 떼는 걸 넘어서 적극적으로 다른 나라와 손잡거나 쿠데타를 일으키도록 유도할 수도 있다.

"국방부 장관은 어떻게 생각하십니까?"

"저 역시 노형진이라는 그 특사의 말이 맞다고 생각합니다. 우리가 자체적으로 군부대를 통제하거나 유사시에 쿠데타를 제압할 힘을 가지면 미국에서 우리를 쉽게 컨트롤하지 못할 겁니다."

"흠, 마이스터에서 역으로 우리에게 총부리를 겨눌 수도 있지 않습니까?"

누군가는 마이스터가 미국계 기업이라는 것에 대해 예민하게 받아들이기도 했다.

하지만 해외에서 공부해 본 사람들은 그게 얼마나 개소리인지 알고 있었다.

"그렇기에 도리어 우리에게 무기를 들이밀지 못할 겁니다."

"어째서요?"

"미국이 우리를 직접 공격할 게 아니지 않습니까?"

미국이 미쳤다 해도 직접 밀고 들어올 가능성은 높지 않다.

"그런 상황이라면 마이스터에서는 방어 작전을 할 수밖에 없습니다. 국제사회에서 신용이란 그런 거니까요."

하물며 마이스터는 기본적으로 신용이 핵심인 투자 기업에서 시작된 회사다. 그런 곳이 계약을 어기고 총부리를 들이민다?

아레스 밀리터리 그룹뿐만 아니라 마이스터 본사가 쓰러질 정도의 충격이 닥칠 거다.

"미국에서 강제로 하라고 할 수도 있겠지만, 그러기 위해서는 한 가지 조건이 필요합니다."

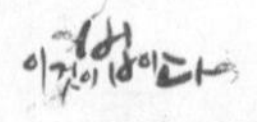

"무슨 조건 말이오?"

"우리가 적성국으로 분류되어야 한다는 거죠."

미국에서 사우디아라비아를 적성국으로 분류하고 그들과 일하는 걸 불법으로 만들어야 마이스터는 법적으로 거래를 끊을 수 있다.

"더군다나 아레스 밀리터리 그룹은 미국 회사의 계열사이지 미국 소속은 아니거든요."

공식적으로 아레스 밀리터리 그룹은 한국 기업이다.

"한국은 중립 국가입니다. 이런 상황에서도 러시아와 일정 수준 거래를 하고 있을 정도죠."

물론 러시아의 국제적 거래 차단으로 인해 거의 모든 거래가 끊어진 건 사실이다.

하지만 그건 어디까지나 러시아의 거래 방식이 끊어져서 거래를 못 하는 것에 가깝지, 한국에서 러시아에 '우리는 당신과 경제 전쟁 중이다.'라고 선언한 게 아니다.

"중립을 유지하고 있는 현재의 한국이라면 확실히 미국에서 불편해한다고 해도 굳이 우리에게 이빨을 드러내지는 않겠군요."

"한국이라면 아마 미국계 계열사이니 미국에서 알아서 하라고 떠넘길 겁니다."

미국계 기업의 계열사이지만 한국에 적을 두고 있으니 서로 책임을 전가하면서 모른 척할 가능성이 높은데, 그건 실제로 아레스 밀리터리 그룹이 자신들을 위해 싸울 수도 있다는 의미다.

“하지만…….”

왠지 꺼림칙한 얼굴이 되는 국방부 장관.

그 이유를 알아차린 빈 아주람이 입을 열었다.

“물론 공짜는 아닙니다.”

“당연히 공짜는 아니겠죠. 우리도 돈을 줘야 하지 않겠습니까?”

물론 그 돈은 문제가 안 된다. 사우디아라비아는 모든 걸 돈으로 해결할 수 있는 나라니까.

오죽하면 사우디 왕자가 미국 CIA와 작전 회의를 할 때 ‘우리는 수표 정도만 끊어 줄 수 있다.’라고 말했을 정도다.

“그게 아니라, 우리가 무기를 지원해 주는 조건입니다.”

“우리가 무기를 지원해 주는 조건?”

“네. 다수의 드론과 장갑차 그리고 수송 차량을 구입해 달라고 하더군요.”

“호오~.”

“그거야 가능하죠.”

안 된다는 소리는 아무도 안 했다. 왜냐?

어차피 사우디에서는 돈을 삥땅치기 위해 무기를 산다고 할 정도로 최신 무기를 대량으로 구입하기 때문이다.

“나중에 자신들이 원한다면 그걸 중고로 살 수 있다는 조건도 부탁하더군요."

"그런 거라면 가능하죠."

"마이스터의 드론이라면 효과가 장난이 아니던데요?"

어둠 속을 날아다니면서 병사들을 사냥하는 속칭 나이트 크로우라는 드론부터, 날아다니면서 화염병이나 수류탄을 투하하는 헬 크로우, 그리고 동굴에 숨어서 저항하는 적들을 아예 고립시켜 버리는 케이브 버스터까지.

미사일로 또는 전투기로 폭격해 버리면서 적을 압박하는 게 아니라 드론을 이용해서 일선 부대에서 유연하게 상대방을 압박할 수 있다는 것은 상당한 충격이었다.

"흠, 우리 입장에서는 어찌 보면 미국식의 화력 전쟁보다는 아레스 방식이 더 맞을 수도 있겠군요."

미국은 돈으로 화력을 사서 깡그리 말려 버리지만 아레스는 다수의 드론을 이용해서 핀 포인트로 제압한다.

"우리 병사들에게 훈련만 제대로 시킨다면……."

탱크나 기갑 장비를 몰고 적 앞까지 갈 이유가 없다.

멀리서 그냥 드론으로 저격만 하는 거라면, 아무리 자기네 병사들이 겁 많은 귀족이라고 해도 도망갈 이유가 없다.

물론 그걸 또 제대로 연습하는 건 다른 문제지만.

"그런데 왜 굳이 특사로 온 겁니까? 아무리 봐도 이건 특사로 올 일이 아닌데."

물론 공식적으로는 한국에서 송정한 대통령이 쓴 친서를

가져온다는 명목이었지만 아무리 그래도 아레스 밀리터리 그룹과 이번 일은 관련이 없어 보였다.

“우리가 미국과 협상하기 좋게 한 거라고 하더군요.”

“미국과?”

“네. 미국에서 노형진을 살피고 있을 테니까요.”

“아하!”

그러니 설사 아레스 밀리터리 그룹의 고용에 관련된 정보를 모른다고 할지라도 예민하게 볼 수밖에 없다는 것.

“협의에 들어가는 순간 우리 정보가 새어 나갈 거 아닙니까?”

그 말에 다들 고개를 끄덕거렸다. 그걸 부정할 수는 없으니까.

“그러면?”

“네. 우리가 위안화와 더불어서 무기를 하나 더 쥐게 되는 거죠.”

협상 자체를 하면서 말이다.

계약 여부와 상관없이 미국을 압박할 카드가 생기는 거다.

“흠, 괜찮아 보이는군요.”

다들 흡족한 얼굴로 고개를 끄덕거렸다.

“그러면 바로 협상에 들어가도록 하죠.”

모두가 동의하며 분위기는 좋아졌다. 그렇잖아도 미국과 싸우려면 필요하던 새로운 무기가 생겼으니까.

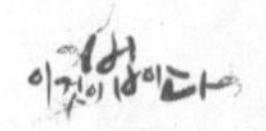

⚖

사우디아라비아 정부에서 회의가 계속되는 사이, 노형진은 한국 정부의 외교관들과 함께 다음 계획에 대해 논의 중이었다.

"사우디아라비아 정부에서 받아들일까요?"

"그건 모르죠. 하지만 우리를 이용해서 미국을 압박하려고 할 테니 협상까지는 문제가 없을 겁니다."

'그리고 아마 높은 확률로 승인을 하겠지.'

물론 사우디아라비아군을 해체한다거나 그러지는 않을 거다.

하지만 사우디는 미국의 보호에서 벗어날 수 있다는 걸 보여 줘야 하고, 그러기 위해서는 내부 쿠데타가 일어나도 스스로 제압할 수 있다는 것을 증명해야 한다.

"그런 면에서 아레스 밀리터리 그룹은 확실히 강력한 무기죠."

물론 수적으로는 확실하게 이쪽이 밀린다. 그러나 기본적으로 무기의 성능이 뛰어나니 군대를 충분히 훈련시키기만 해도 버틸 정도는 될 것이다.

그리고 그 시간에 다른 지역에 있는 병력을 소환하거나, 지원군이 부족한 경우 다른 민간 군사 기업이나 용병을 고용해 지원하는 건 어려운 일이 아닐 것이다.

사우디아라비아는 돈이 부족한 나라가 아니니까.

"과거에 한국에서 주한 미군을 인계 철선이라고 불러서 미국에서 겁나 싫어했죠."

결국 미국에서 그걸 문제 삼아 그 말은 삭제되었다.

미국이 주한 미군을 두는 이유는 사실 북한보다는 중국 때문인데, 인계 철선이란 마치 한국에서 전쟁이 터지면 미국이 자동 참전하는 것 같은 뉘앙스를 품고 있기 때문이다.

하지만 실제로는 '참전할 수 있다.' 정도이지 자동 참전까지는 아닌 게 현실.

"아레스 밀리터리 그룹은 그걸 위한 집단인 거죠."

전 세계에서 용병을 모집하고 투입할 수 있도록 시간을 벌어 주며 버티는 존재.

특히 아레스 밀리터리 그룹은 용병 기업이라는 특성상 공격보다는 방어에 특화되어 있다.

"미국의 보호에서 벗어날 수 있게 된다면 분명히 미국이 부담을 느끼기는 할 건데요."

그러자 한 외교관이 고개를 갸웃하면서 물었다.

"그게 우리 한국과 무슨 관계가 있는지요?"

"아, 그거요? 이유는 간단합니다. 우리도 페트로 달러에서 벗어날 생각이거든요."

"네?"

그 말을 이해하지 못한 사람들은 어리둥절한 얼굴이 되었다.

"이해가 안 가는데요. 우리는 페트로 달러랑 아무런 관련이 없습니다만."

"없긴요. 마이스터도 거기에 속해 있습니다만?"

실제로 마이스터와 미다스의 이름으로 전 세계 여러 곳에서 수많은 유전이 개발되고 있다. 모두 노형진이 기억을 더듬어서 발견한 유전들이다.

사우디나 오펙에 비할 바는 아니라지만 그곳들에서도 어마어마한 양의 기름이 쏟아진다.

한국의 에너지 사정이 회귀 전보다 나은 것은 그 기름을 노형진이 한국에 우선적으로 판매해서다.

"그리고 그곳도 페트로 달러 체제를 따르고 있죠."

물론 페트로 달러 체제는 사우디를 비롯한 석유수출국기구, 즉 오펙의 규정이다. 그러니 거기에 사인하지 않은 노형진이 굳이 그걸 따를 이유는 없다.

하지만 달러가 아닌 방식으로 결제하려고 하면 그 순간부터 온갖 법적인 문제가 생기는 데다가, 세금 문제도 발생하고, 다른 화폐로 결제하기 위한 자체 시스템을 도입해야 하는 등 상황이 무척 복잡해져서 오펙에 속해 있지 않음에도 불구하고 모든 유전은 페트로 달러 시스템으로 운영되고 있다.

"설마?"

"네, 적을 하나만 두는 것과 둘 두는 건 전혀 다르죠."

오펙에서 페트로 달러를 포기하겠다고 움찔거리고 있는데 만일 노형진이 그걸 먼저 포기하면?

당연히 문제가 생길 수밖에 없다.

처음이 어렵지 두 번째는 쉬울 수밖에 없으니까.

“제가 그랬죠, 이쪽에서 내놓을 카드가 없을 때는 카드를 만드는 것도 방법이라고.”

“아아~.”

내가 가진 무기가 없다? 그러면 무기를 만들어 내는 것도 전략이다.

하지만 정치권에서 그런 무기를 만드는 건 절대로 쉬운 일이 아니다.

“그러니까 우리가 무기를 만들어야지요.”

“그게 바로 페트로 달러 체제의 붕괴군요.”

“맞습니다. 더군다나 사우디아라비아와 저는 상황이 다르죠.”

사우디아라비아는 페트로 달러 체제에 관한 계약서에 사인한 입장이다. 그렇기에 거기에서 벗어나는 순간 온갖 불이익과 정치적 손해를 감수해야 한다.

“그에 비해 저는 아니죠.”

그저 편의를 위해 페트로 달러라는 규칙에 따른 것뿐이기에 그렇게 큰 영향을 받는 건 아니다.

물론 CIA와 좋은 관계를 유지하고 있다고 하지만 딱 거기까지고, 애초에 그런 일이 터질 듯하면 미국이 CIA를 통해 설득하려고 하지 전쟁하겠다거나 죽이려고 달려들 일은 없다.

그러니 이쪽은 맘 편하게 페트로 달러에서 벗어나겠다는 쇼를 진행할 수 있다.

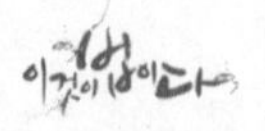

"그리고 페트로 달러에서 벗어나면 중국과 러시아는 만세를 부르겠죠. 거기다가 이란도 만세를 부를 테고."

그렇잖아도 이미 러시아는 페트로 달러를 부정하고 있다.

실제로 그들은 지금 자국 내 석유를 수출하면서 위안화로 거래 중이다.

러시아만 그러는 것도 아니다. 이란 역시 그런 방식으로 거래 중이다.

달러가 국제통화이긴 하지만 석유를 달러만으로 살 수 있는 건 아니라는 소리.

"물론 그들은 미국과 적대적 관계 또는 적성국으로 분류되는 나라들이니 어찌 보면 당연한 거죠."

미국과 우호적인 관계라면 당연히 페트로 달러를 위반할 이유가 없다.

중국과 러시아는 사실상 반미국 동맹이라 페트로 달러를 극혐 하는 상황.

"그런 상황에서 누군가가 페트로 달러에서 상징적으로 벗어나려고 한다는 건 미국으로서는 치명적 문제입니다."

그리고 현재 그 몸빵은 다름 아닌 사우디아라비아가 하고 있다.

"원래 처음이 문제지 두 번째부터는 쉬운 법이거든요."

"그러면 마이스터에 속한 유전은 페트로 달러를 포기하시는 겁니까?"

"아, 물론 아니죠. 말씀드렸다시피 사우디아라비아도 결국 페트로 달러를 포기하지는 못합니다."

그런데 노형진이 선빵 쳐서 그걸 포기하겠는가?

"다만 파급력을 일으킬 수는 있죠."

"파급력이라……."

"한 곳의 이탈은 그들의 독단적인 결정의 결과라 할 수도 있죠. 그러나 다른 곳에서 동조하는 순간, 하나의 흐름이 됩니다."

러시아와 중국은 이미 이탈을 주장하고 있고, 실제로 중국은 이미 러시아 석유를 위안화로 결제하고 있다.

그리고 사우디아라비아는 공공연하게 이탈을 외치고 있다.

"만일 마이스터가 이탈을 검토한다는 소문이 터지면 무슨 말이 돌까요?"

"흐름이군요."

마이스터는 분명 전 세계에 강력한 힘을 발휘하는 집단이다. 그런 그들이 페트로 달러를 부정적으로 본다면?

당연하게도 달러의 패권이 약화된다는 의미다.

"하지만 그러면 뭐로 결제하시려고요? 설마 위안화로?"

노형진은 그 말에 고개를 흔들었다.

그럴 수밖에 없는 게, 아무리 무기로 휘두르려고 쇼한다고 해도 사실상 적성국으로 분류되는 국가의 돈으로 결제한다면 미국이 죽이려고 달려들 테니까.

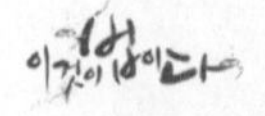

"유로와 원화, 영국의 파운드화요."

"네?"

"EU가 애초에 왜 뭉쳤겠습니까?"

애초에 EU가 뭉친 것은 규모의 경제를 실현해서 미국의 패권에 도전해 보자는 이유에서였다.

실제로 그건 어느 정도 성공했고 자국 내에서는, 아니 유럽에서는 달러 없이 유로로 모든 게 가능하다.

하지만 유로는 국제통화로써 약점이 있었는데, 바로 달러처럼 석유의 결제에 쓸 수 있는 게 아니라는 것이었다.

물론 유로의 가치가 작은 것은 아니지만 그 하나 때문에 유로는 달러에 비해 가치가 낮다고 평가된다.

"그런데 유로로 결제하려고 하는 집단이 나타난다면 어떻게 하겠습니까?"

"거기에 힘을 실어 주려고 하겠군요."

그제야 외교관들은 이해가 간다는 듯 눈이 커졌다.

"지금 미국은 한 가지 문제만으로 한국을 압박하고 있죠."

중국이랑 손절 하고 우리에게 충성을 다해라.

"하지만 유럽은 동맹이지 속국이 아니거든요."

당연하게도 그들은 어떻게든 이득을 챙기려 할 테고, 이참에 유로 결제가 가능한 시스템을 만들려고 할 거다.

"더군다나 유럽에 석유 회사가 없는 것도 아니고요."

글로벌 규모의 석유 회사가 대다수 미국계 기업인 건 사실이다.

하지만 그렇다고 해서 유럽계 기업들이 없는 것도 아니니 석유를 유로로 결제할 수 있게 된다면 그들은 쌍수를 들고 환영할 거다.

"최소한 우리에게 힘을 실어 주려고 하겠지요."

"아하!"

노형진은 단순히 사우디아라비아만을 이용하려는 게 아니었다. 유럽과 유럽의 석유 회사 등 이권 단체들을 자극하려는 거다.

"그리고 미국 입장에서는 선택지가 많지 않아요."

페트로 달러 체제가 무너진 후에 전 세계를 대상으로 '제발 달러를 써 주세요!'라고 요청하는 것보다는 차라리 '야 야, 친하게 지낼 테니까 계속 달러 써 줘.'라고 말하는 게 이득이라는 것.

"우리는 그걸 왜…… 몰랐죠?"

"모를 수밖에 없죠."

한국이 산유국도 아니고, 미국의 영향권에서 갑자기 원화로 결제한다는 것은 불가능하니까.

그러니 아예 생각지도 않았던 것이다.

"이제 우리가 사우디아라비아에서 할 일은 다 끝났군요."

친서는 건넸고, 군사적으로 아레스 밀리터리 그룹을 고용하는 건 단시간에 결정된 문제가 아니다.

"이제 남은 건 미국에서 미끼를 물기를 기다리는 것뿐입니다, 후후후."

⚖

미국의 달러는 절대적이다. 그랬기에 미국은 절대적인 힘을 믿고 한국을 압박하고 있었다.

"아직도 한국에서는 답을 안 주나?"

"네. 한국에서 반도체 동맹에 대해 확답을 주지 않고 있습니다."

"어이가 없군. 우리랑 싸우자는 건가?"

미국 상공회의소의 짐 베머 의장은 비웃음 가득한 얼굴로 피식거렸다.

한국이 아무리 저항해도 답은 정해져 있다. 그걸 거부한다면 다른 나라와 마찬가지로 말려 죽이면 된다.

"그…… 의장님, 이렇게까지 해야 합니까? 아시겠지만 한국은 우방국입니다. 더군다나 중국에 반도체를 수출하겠다는 것도 아니고."

그냥 미국의 시책에 따르지만 그걸 대놓고 드러내지는 않겠다, 그런 입장이다.

그런데 굳이 경제적 압박까지 가하면서 강요한다는 게 부하로서는 이해가 가지 않았던 것.

"아니야. 한국은 이제 한번 밟아 놔야 해. 너무 컸어."

"너무 컸다고요?"

"그래. 어차피 한국은 유사시 우리의 전쟁터가 될 나라야. 그런데 언제부턴가 우리랑 중국이랑 러시아 사이에서 슬슬 눈치를 보고 있단 말이지."

짐 베머는 그렇게 말하면서 불편한 얼굴이 되었다.

"과거의 일본을 봐. 돈 좀 벌었다고 미국을 사네 마네 하면서 지랄했잖아."

그러다가 미국에 한 방 크게 맞고 30년의 암울한 시기를 맞이했다.

"한국도 마찬가지야. 세상에 영원한 게 어디 있어? 적당하게 간 보는 나라들은 가끔씩 신나게 때려 줘야 정신을 차린단 말이지."

"그렇군요."

"걱정하지 마. 설마 한국더러 망하라고 하겠어? 하하하."

짐 베머는 그렇게 말하면서도 속으로 웃었다.

'안 망해야 내가 두둑하게 받아 챙기지.'

사실 그가 이런 정책을 미 정부에 적극적으로 주장한 이유는 간단했다. 바로 돈 때문이었다.

미국은 로비가 합법이고 그는 로비를 많이 받았다.

그리고 최근에 들어오는 로비에는 공통점이 있었다. 바로 한국을 조져 달라.

'멍청한 한국 놈들. 자기들을 조져 달라고 얼마나 많은 로비가 들어오는지는 아마 영원히 모르겠지.'

심지어 한 곳도 아니다. 일본과 중국에서 들어오는 로비만 한 해에 수백만 달러다.

물론 그 많은 돈을 그 혼자 먹는 건 아니지만, 그 돈을 받은 사람들은 알게 모르게 한국을 조지는 것에 동의해 주고 있었다.

돈 받은 값은 해야 하니까.

'뭐, 전이라면 나도 모른 척했겠지만…….'

하지만 최근 한국의 상승세는 위험했다.

지난번에 한국의 대통령이 방문했을 때에도, 정부에서 슬쩍 압박을 가했지만 도리어 잔머리를 쓰면서 벗어났을 정도니까.

'두 번은 안 당하지.'

더군다나 중국에 반도체를 수출하기를 원하는 미국 반도체 기업들은 하나같이 막대한 로비를 하면서 한국을 조져 줄 것을 요청했다.

대만이야 어떻게 할 수 없다지만 한국은 전 세계에서 막대한 지분을 차지하고 있는 나라인 만큼 그들만 막으면 충분히 반도체를 수출할 수 있기 때문이다.

'뭐, 조만간 살려 달라고 두 손 들고 뛰어오겠지.'

티가 나지 않게 한국을 압박하는 방법은 많다.

관세 같은 건 진짜 초보적인 방법이고, 수출하는 물건에 대해 조건을 달거나 검사를 이유로 수출입을 저지하면 한국은 그걸 통째로 날리거나 아예 공장을 멈춰야 하기에 한국 경제를 나락으로 떨어트리는 건 어려운 일이 아니다.

'멍청한 새끼들 같으니라고.'

물론 한국 정부도 미국에서 로비를 하지 않는 건 아니다.

하지만 한국에서 미국으로 이민 온 인간에게 로비를 부탁했는데, 사실 그놈은 로비스트도 아닌 데다 미국으로 이민을 간 것도 미래를 위한 것이 아니라 사기 쳐서 돈 들고 도망간 것이었다.

그렇다 보니 한국 정부에서 로비해 달라고 10억을 주면 그중에서 7억 정도는 슈킹 하고 3억 정도만 로비에 썼다.

다른 나라들은 100억씩 들고 달려오는데 고작 3억으로 어떻게 로비를 하겠는가?

게다가 이 3억이 일부 로비 자금이 아니라 전체 로비 자금이나, 한 사람에게 300만 원 정도 돌아가는 수준으로 할 수 있는 건 실질적으로 아무것도 없다.

'멍청하면 죽어야지.'

짐 베머는 그렇게 생각하면서 몸을 돌려서 업무를 진행하기 위해 서류를 뒤적거렸다.

하지만 그런 그의 상황은 빠르게 바뀌었다. 한국과 관련해서 상황을 파악하러 나간 부하가 갑자기 다급하게 달려왔기

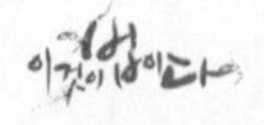

때문이다.

"의장님! 큰일 났습니다!"

"큰일? 무슨 큰일?"

"마이스터에 심어 둔 사람에게서 연락이 왔는데, 마이스터에서 석유의 결제를 유로와 원화로 할 수 있는지에 대해 진지하게 의논 중이라고 합니다."

"뭐!"

짐 베머가 어찌나 다급하게 일어났는지 우당탕, 소리를 내면서 의자가 뒤로 넘어갔다.

하지만 짐 베머의 입장에서는 그걸 신경 쓸 상황이 아니었다.

"뭔 개소리야? 그걸 왜 유로로 한다는 거야? 아니, 페트로 달러에 대해 아는…… 큭!"

순간 그는 아차 할 수밖에 없었다.

마이스터는 미국의 기업이기는 하지만 페트로 달러 규제에 관해 사인한 적도 없고 가입한 적도 없다.

"그놈들이 갑자기 왜!"

"저도 잘 모르겠습니다."

"모른다면 다야? 다냐고! 대체 뭔 이유 때문에 그러는지 알아내야 할 거 아냐!"

달러의 존재감 하락은 미국의 생명 줄을 조이는 행위다.

전 세계에는 달러가 미친 듯이 풀려 있다. 그리고 미국은 엄청난 적자 상태다.

그럼에도 불구하고 달러를 미친 듯이 풀고 매년 적자 상한을 늘릴 수 있는 건 남는 달러가 해외로 나가기 때문이다.

그런데 그게 무너진다?

그러면 남는 달러가 미친 듯이 미국으로 들어올 테고, 인플레이션이 미친 듯이 닥칠 거다.

과거에 짐바브웨의 물가 상승률이 1,000%라고 했다. 그 꼴이 미국에서 벌어지는 거고, 미국은 그 순간 무너지게 된다.

"마이스터는 미국 기업이잖아. 그런 마이스터가 왜?"

"모르겠습니다."

"자기도 망한다는 걸 모르는 거야?"

"그것도 잘……."

"젠장!"

짐 베머는 다급하게 전화기를 들었다. 그러고는 사방으로 전화를 돌리기 시작했다.

"이건 비상사태야. 진짜 비상사태라고! 모조리 불러 모아! 그리고 CIA에서 마이스터에 사람 심어 뒀지?"

"아마 그럴 겁니다."

"일단 국회 상무국에 보고하고."

짐 베머는 손을 내저으면서 CIA의 국장에게 직통전화를 걸었다.

"어, 나 짐 베머요. 당장 만나야겠어. 뭐? 지금 상황도 모르면서 그걸 말이라고 하는 거야? 이 새끼야! 아는 게 있으면 불라고! 당장 튀어나와!"

좋은 소리가 튀어나올 수 없는 상황이었기에 짐 베머의 목소리는 끝없이 높아져만 갔다.

⚖

주요 인사들이 모이는 것은 순식간이었다.

전국에 퍼져 있던 사람들이지만 이건 미국의 막대한 피해, 아니 존속을 위협할 만한 상황이기에 모이지 않을 수가 없었다.

"그러니까, 마이스터가 페트로 달러와 관련해서 이탈할까 고민 중이라는 거요?"

"그렇게 되면 연쇄 작용이 벌어질 거요."

"아니, 마이스터가 아무리 강하다 해도 미 정부에 반기를 들 정도는 아니지 않소?"

FBI 국장은 이해가 가지 않았다.

마이스터는 미국 기업이고, 실제로 미 정부와 상당히 협조적인 관계를 유지하고 있었다.

심지어 중국 스파이와 관련해서 많은 정보를 준 것도 마이스터였고, 중국에서 미국의 항모 관련 자료를 빼돌렸다는 것을 알려 준 것도 마이스터였다.

'이상해. 이해가 안 가.'

특히나 마이스터의 진정한 주인이 누군지 알고 있는 CIA

의 국장은 이 상황이 이해가 가지 않았다.

CIA가 진짜 결심하면 암살을 결행할 걸 모르는 노형진이 아니다. 그런데 이렇게 대놓고 반기를 들다니?

"도대체 무슨 일이 벌어지는 거요?"

"모르겠습니다. 갑자기 마이스터에서 그런 짓을 할 이유가 없는데."

자기들이 망하기 싫다면야 모를까, 그런 짓을 할 이유가 없다.

하물며 미국 기업이 미국을 상대로 적대적 행위라니.

"이대로는 안 됩니다. 그 새끼들을 조져야 합니다."

"미친 거요? 지금 마이스터가 미국에 미치는 영향이 어느 정도인지나 알고 그런 말을 하는 거요?"

마이스터가 망하면? 줄줄이 망할 기업이 한둘이 아니다.

물론 미국이 망하는 것보다는 나을 테니 최악의 경우는 그 선택을 해야 할 수도 있다.

"하지만 최선이 있는데 굳이 최악을 고를 필요는 없지 않소?"

"마이스터가 이탈을 결정한 것도 아니고……."

"마이스터뿐 아니라 사우디아라비아도 그런 상황입니다. 아시지 않습니까, 사우디아라비아에서 중국과 협상하면서 페트로 달러에서 벗어나려고 한다는 걸."

"그 가능성이 높지 않다고 다들 생각하지 않소?"

"러시아-우크라이나 전쟁은 뭐, 확률대로 굴러갔습니까?"

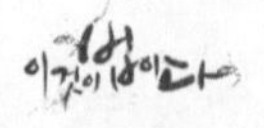

"……."

그 말에 다들 아무런 대꾸도 못 했다.

왜냐하면 실제로 거의 모든 나라에서 그런 일은 없을 거라고 생각했으니까.

하지만 러시아-우크라이나 전쟁은 터졌다.

그리고 거의 모든 나라에서 우크라이나가 길어 봐야 2주나 겨우 버틸 거라 예상했다.

하지만 러시아-우크라이나 전쟁은 엄청나게 길어지고 있고, 도리어 러시아가 갈려 나가면서 얼핏 보기에는 우크라이나가 공격하러 들어간 것처럼 보이기도 했다.

"만일 페트로 달러가 무너지면 미국의 패권은 끝입니다."

단순히 확률을 믿고 모른 척하기에는 심각한 문제로 발전할 수 있는 일이다.

"사우디아라비아도 그래서 우리가 굽히고 들어가는 거 아닙니까?"

"음."

사실 사우디아라비아는 미국 입장에서는 좀 만만하게 생각하던 나라였다. 그래서 언제나처럼 인권을 문제 삼아 물어뜯었던 것이다.

하지만 상황이 틀어지면서 현 대통령인 빌 웨이든이 직접 가서 기분을 맞춰 주기까지 했다.

그런데 그랬음에도 불구하고 사우디아라비아에서는 그 손

길을 거절하고, 요구와 다르게 증산하기는커녕 도리어 기름을 감산함으로써 전 세계적으로 물가 상승을 유도하고 있다.

그나마 유가가 억제되고 있는 건 마이스터 계열의 유전에서 엄청난 양의 증산을 했기 때문이다.

그들은 오펙에 속하지 않은 유전이기에, 그들이 증산하지 않았다면 아마 전 세계 유가는 최소 20% 이상 올랐을 것이다.

"그렇게 친밀하던 마이스터가 왜 갑자기 적대적으로 행동하는 건지 모르겠습니다."

짐 베머의 말에 CIA 국장은 문득 드는 생각이 있었다.

'저 인간은 아무래도 전체적으로 그림 그리는 능력이 떨어지지.'

미국을 위한 정치인이고 경제 전문가일지는 모르지만 그는 그것만 알지 다른 건 모르는 성향이라는 걸 알기에 CIA 국장은 생각이 많아졌다.

그러다가 문득 얼마 전 들려온 정보가 생각났다.

'아직은 좀 더 알아봐야 하지만…….'

확정된 건 아니지만 그럼에도 불구하고 아주 확실한 정보다.

사우디아라비아에서는 나름 보안을 지킨다고 했다지만 이미 왕족 중 일부가 이쪽에 붙어 있고, 그들이 넘기는 정보가 가짜는 아닐 테니까.

"사우디아라비아에서 얼마 전에 좀 확실하지 않은 정보가 들어왔는데 말입니다."

"확실하지 않은 정보?"

"아니, 그걸 왜 말하지 않은 겁니까! CIA, 진짜 그런 식으로 굴 겁니까!"

CIA 국장의 말에 짐 베머는 버럭 화를 냈다.

당연히 국장은 기가 막혀서 한 소리 했다.

"확실하지 않은 정보라고 하지 않았소! 불확실한 정보를 마구 공개하면 무슨 일이 벌어질 것 같소? 그에 기반해서 정책을 짤 거요?"

그 말에 짐 베머는 아무런 말도 못 했다. 확실히 그런 건 도리어 욕먹기 딱 좋으니까.

그런 경우 무능을 이유로 공격당할 수도 있기에 첩보전에서 불확실한 정보는 공개하지 않는 게 불문율이다.

"무슨 정보인데요?"

조용히 듣고 있던 국방 정보국의 장군은 미공개 정보라는 말에 관심을 가졌다.

"사우디아라비아에서 아레스 밀리터리 그룹과 접촉해서 그들을 고용하려 한다고 하더군."

"아레스?"

"그놈들이 왜 거기에?"

다들 그 말에 고개를 갸웃했다.

물론 어떤 나라에서 어떤 일을 할지는 그들이 결정할 일이지만 그들의 주요 활동처는 아프리카다. 실제로 미국이 그렇게 요청했다.

아프리카에서 러시아의 레드그룹을 견제하는 것과 동시에 중국의 세력 확장을 막기 위해서였는데, 그게 지금까지는 잘 이루어지고 있었다.

그런데 그들이 왜 갑자기 사우디아라비아에 간단 말인가?

"모르죠. 다만 내부에서 진지하게 계약에 대한 이야기가 진행되는 모양이더군요."

"그게 왜 불확실한 정보요?"

"우리 쪽 정보원이 접근을 못 해요."

아무리 똑같은 왕족이라고 해도 권력의 핵심에 있는지 여부에 따라 당연히 접근할 수 있는 정보가 제한되어 있다.

"우리 쪽 정보원이 접근할 수 있는 건 딱 거기까지입니다."

아레스 밀리터리 그룹과 사우디아라비아가 접촉했다는 것.

그리고 그들을 고용하는 것에 대해 사우디의 지배자들 사이에서 진지하게 회의가 이루어지고 있다는 것.

"그런……."

그리고 그 말을 들은 국방부 쪽 사람은 눈에 띄게 표정이 굳었다.

"무슨 일입니까?"

"아무래도 우리에게서 벗어나고 싶은 모양이군요."

"이탈?"

"사우디 왕가가 우리를 대체할 방어 수단을 찾고 있는 걸 거요. 그리고 제일 적당한 게 바로 아레스 밀리터리 그룹이겠지."

그 말에 모두의 얼굴이 사색이 되었다.

그들은 군사 전문가가 아니었기에 이게 무슨 일인지 완전히 이해하지는 못했지만 군사적 입장에서 심각한 문제라는 것은 느낄 수 있었다.

"그게 무슨 말입니까?"

"사우디아라비아군은 제대로 된 군대라고 보기 힘들지. 우리가 그걸 유도한 것도 있고."

그렇기에 전 세계 17위라는 막강한 군사력을 가지고도 사실상 미국에 자국의 방어를 맡기고 있다시피 한 것이 현재 사우디아라비아다.

그런데 페트로 달러 체제에서 벗어나면 미국의 보호는커녕 미국의 패권에 도전하는 적성국 취급을 받을 거다.

그러면 쓰레기 같은 군대로 자기들을 보호해야 하는데, 사우디아라비아군은 그럴 능력이 없다.

"기존의 병력을 대체할 수 있는 존재가 필요한데…… 선택지가 없을 거요."

러시아의 레드그룹? 그건 대놓고 미국과 전쟁하겠다는 소리이며, 도리어 레드그룹이 국가를 전복하고 러시아에 사우디아라비아를 통째로 가져다 바치려고 할 가능성이 있다.

미국계 용병 그룹? 그들은 미국 정부의 강력한 입김 아래에 있기에 미 정부를 거역하지 못한다.

일부 유럽 계통의 군사 기업들? 그들은 체급도 작고, 국가 단위의 방어 작전은 해 본 적도 없다.

"그에 비해 아레스 밀리터리 그룹은 다르지."

속한 국가가 한국인데, 한국은 아무리 몸부림쳐도 사우디아라비아를 소화하기는커녕 입도 대기 힘들 정도로 약하다. 그러니 한국에 가져다 바친다는 건 말도 안 된다.

그렇다면 아레스 밀리터리 그룹도 약한가?

그것도 아니다. 아프리카에서부터 실전을 겪은, 흔하지 않은 초대형 군사 기업이다.

"더 무서운 건 그들은 교육할 줄 안다는 겁니다."

"교육이라니요?"

"애초에 아레스 밀리터리 그룹을 만든 이유 중 하나가 그거였습니다."

전근대적인 교리가 베트남전 이후로 아예 갱신되지도 않은 대한민국 군대를 바꾸는 것.

심지어 한국군의 교리는 어떤 면에서는 베트남전 이후에 발전하기는커녕 도리어 퇴보하다시피 해서, 현대전 교리를 아예 모르는 장군이 대부분이었다.

"실제로 아레스 밀리터리 그룹은 빠르게 한국군을 개혁하고 있죠."

전쟁 교리도, 장비도 50년 이상 차이가 나니 당연히 현대전에서 한국군은 대항군 역할을 맡은 아레스와 싸울 때마다 족

족 비참하게 갈려 나갔는데, 심사 위원들이 쇼가 아닌 진짜 실전 사례를 바탕으로 상황을 부여하니 장군들의 모가지가 우수수 떨어지면서 조금씩 한국의 부대가 발전하고 있었다.

"만일 그들이 사우디아라비아군을 대상으로 훈련을 진행한다면 진짜로 우리는 필요 없습니다."

제대로 훈련된 사우디아라비아군은 실제로 세계 17위 정도의 실력을 가지게 될 거다.

그냥 장비만 좋은 게 아니라 진짜로 그걸 잘 다룰 능력이 있는 무서운 군대가 되는 거다.

"그리고 드론과 관련한 교리는 그들이 가장 앞서 나갑니다. 심지어 우리보다 더요."

"설마요!"

"설마가 아닙니다. 우리는 이제야 분대 드론을 이용해서 정찰하는 정도의 교리를 만들었습니다."

정보전이라는 개념을 이용하는 것만으로도 엄청난 혜택을 보는 건 사실이다. 하지만 아레스는 다르다. 보병전의 개념 자체를 뜯어고치고 있다.

최소한 미국처럼 미사일이나 포격으로 깡그리 쓸어버릴 수 있는 나라가 아닌 이상에야 아레스의 이동식 드론 교전 방식은 상대방에게 엄청나게 강력한 저항이다.

"당장 우크라이나에서 벌어지는 교리는 모두 아레스의 교리를 기반으로 운영됩니다."

그게 만일 사우디아라비아군에 녹아든다? 그러면 사우디는 다른 나라가 넘볼 수 없는 강국이 될 거다.

"그렇게 되면 진짜로 우리에게서 벗어나려고 할 가능성도 있고."

"우연이 아닌 것 같군요."

아레스의 고용, 그리고 유로 결제 가능성 타진 등등 이 모든 게 우연일 수가 없다. 이 모든 건 단 하나의 목적, 즉 미국의 패권 상실로 이어져 있다.

"다만 이해가 안 가는 게 있습니다."

CIA 국장은 뭔가 미심쩍은 얼굴로 짐 베머를 바라보았다.

"바로 얼마 전까지만 해도 마이스터와 미다스는 친미 정책을 적극적으로 펴던 곳입니다. 그런데 왜 갑자기 적대적으로 돌변했는지 모르겠군요."

그 말에 갑자기 자신이 로비받은 것이 생각난 짐 베머는 다급하게 말을 돌렸다.

"지금은 그에 대해 궁금해할 때가 아닙니다. 어떻게 해서든 막아야 합니다. 사우디도 마이스터도, 페트로 달러에서 절대 벗어나지 못하게 해야 합니다."

"흠……."

그 말에 다들 심각한 얼굴로 고민하면서도 어딘가 수상쩍은 모습을 보인 짐 베머를 살피고 있었다.

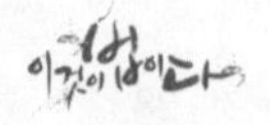

미국의 정보 조직은 서로 믿지 않는다. 그랬기에 서로가 서로를 감시할 시스템을 만들어 둔다.

하지만 짐 베머는 정보 조직에 소속되어 있지 않기에 그걸 막는 법도 모르고, 막으려는 생각도 하지 않았다. 그랬기에 그의 계획을 다른 조직에서 알아내는 건 어려운 일이 아니었다.

"멍청한 놈 같으니라고."

FBI 국장은 욕을 할 수밖에 없었다.

물론 한국을 은근히 압박하는 것 정도는 알고 있었다. 당연히 국익을 위한 거라고 생각하여 신경 쓰지 않았다. 하지만 이상한 낌새를 느끼고 확인한 진실은 생각보다 황당했다.

"돈을 받아 처먹고 압박하는 것도 유분수지."

"그쪽 인간들은 돈을 관리하니까 돈에 가장 예민하지 않겠습니까?"

상공회의소는 민간단체처럼 운영되지만 사실상 국가 단체다. 그리고 전 미국, 아니 사실상 전 세계의 돈을 관리하다 보니 돈 욕심이 안 나면 이상한 거다.

"그러니까 충성심이 없는 새끼들한테 큰일을 맡기면 안 되는 건데."

"그렇다고 해서 이제 와서 저쪽에 압박을 가하는 것도 무리죠."

상공회의소에서 필요 이상으로 한국을 자극하고 압박을 가했다. 자기들 딴에는 한국이 굴복할 거라 생각한 모양이었다.

“멍청한 자본주의자들.”

아무리 미국이라 해도 누군가는 돈이 우선이고 누군가는 국가의 유지나 패권이 우선이다. 그리고 이번에는 명백하게 자본을 우선시하는 자들이 모든 걸 망쳤다.

“어떻게 생각하시오?”

FBI 국장은 보고서를 CIA 국장에게 넘기며 말했다.

“현시점에서 마이스터에서 원하는 건 하나겠죠. 한국에 압박을 가하지 않는 것.”

“하지만 그렇다고 쉽게 포기하겠소? 상공회의소, 아니 자본가들이 우리보다 나은 이유도 결국 돈이지.”

미 정부에 돈을 구걸해야 하는 정보 조직 입장에서는 그들의 눈치를 볼 수밖에 없다.

“현실적으로 보면 미 정부에서 한국에 대한 압박을 포기할 리가 없다는 게 문제요. CIA는 잘 모르겠지만.”

“아니요. 대충은 압니다. 지금 미국은 미국 제일주의가 핵심이죠. 경기가 안 좋은 것도 사실이니까요.”

그렇기에 다들 심각한 얼굴을 하고 있고 경제를 살리기 위해 노력 중인 거다.

지난 대통령처럼 극단적인 미국 우선주의로 동맹이고 뭐고 다 때려잡고 우리만 잘 살자 분위기까지는 아니지만, 은밀하게 자국보다 약하면 어떻게든 뜯어먹자는 분위기였다.

"당장 위에서 한국을 조지는 이유가 그것일 테니까요."

한국의 시장을 축소시키고 그걸 빼앗아 먹자.

그럼에도 한국은 그에 저항하지 못할 거라고 믿고 있는 거다.

"하지만 제가 아는 한국은 그리 만만한 나라가 아닙니다. 정확히는, 노형진과 마이스터가 그렇게 호락호락하지 않죠."

돈이 워낙 많아서 행복 회로만 돌리는 부자 정치인들과는 다르다. 그들은 최악을 예상하고 최악의 상황을 대비한다.

"한국의 전략은 기본적으로 고슴도치 전략이죠. 그건 경제 전쟁도 마찬가지고요."

내가 살아남을 수 없다면 최소한 너도 반병신은 만들겠다.

"만일 진짜로 페트로 달러가 무너진다면 그게 성공하겠군."

FBI 국장은 쓴웃음을 지었다.

이건 생각보다 위험한 상황이다. 그런데 여전히 짐 베머는 기존 전략을 유지하겠다고 우기고 있다.

"설득은 할 수 없겠소?"

"무리죠."

이미 돈을 두둑하게 받아먹은 이상 그는 물러나지 않을 거다.

"이럴 때 방법은 하나뿐입니다."

"어떤?"

"축출해야죠."

CIA 국장의 말에 FBI 국장은 눈을 반짝거렸다.

실제로 그런 경험이 아주 없는 게 아니다. 이건 진짜 답이 없다고 생각하는 경우 대상을 축출하는 작전을 쓰기도 한다.

"하지만 그게 쉬운 일은 아닌데?"

"우리 입장에서는 쉬운 일이 아니죠. 하지만 노형진이라면 알 겁니다."

"안다?"

"네. 노형진은 이 모든 게 우리의 귀에 들어올 걸 예상하고 설계했을 테니까요. 애초에 왜 특사로 사우디아라비아에 찾아갔겠습니까?"

사실 단순 아레스 밀리터리 그룹 건으로 협상하려고 했다면 특사 자격이 아니라 마이스터의 대리인 자격으로 사우디아라비아를 방문해도 되는 일이었다.

"그런데 별 정확한 이유도 없이 특사로 사우디아라비아를 방문했죠."

"그러면?"

"네, '나는 여기에 간다.'라고 알린 겁니다. 그리고 이 계획이 소문나게 설계했을 테고요."

그 말에 FBI 국장은 이해가 가는지 고개를 끄덕거렸다.

"찾아오라 이거군."

"맞습니다. 진짜로 미국에 반기를 들 사람은 아니니까요."

"자네들 쪽에서 찾아가 봐야겠군."

"그러도록 하죠."

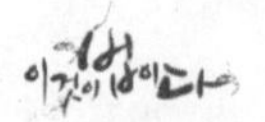

어차피 한국에는 FBI가 찾아갈 수 없으니까.

"적당한 것 좀 있으면 찾아오게나. 짐 베머 그 인간을 쳐내야 할 듯하니."

"아마 별문제 없이 쳐 낼 수 있을 겁니다."

그런 게 노형진이니까.

⚖

노형진은 자신을 찾아온 남자를 보면서 한숨을 푹 쉬었다.

"오랜만입니다, 제리 강. 아니 강훈 요원이라고 해야 하나요?"

"편한 대로 불러 주십시오."

노형진을 찾아온 사람은 영전해서 미국으로 돌아간 제리 강 요원이었다.

그가 찾아온 걸 본 노형진은 혀를 끌끌 찼다.

"한국에 다시 올 줄은 몰랐는데요?"

"이번에 다시 돌아왔습니다. 조금 승진했죠. 이번 사건과 관련해서 스미스 요원의 보안 등급이 좀 낮은 것도 있고, 대외적으로 해야 할 일도 좀 있고 말입니다."

조금 승진했다는 걸 보니 아무래도 한국 지부의 대표가 된 모양이었다.

"그 말은 화이트 요원이 되었다는 거군요."

"제 나이가 있으니까요. 일선에서 뛰는 거야 어렵지 않지만 비만 오면 이제 삭신이 쑤시더군요."

여전히 천연덕스러운 제리 강, 아니 강훈을 보면서 노형진은 피식 웃었다.

"그때는 눈도 깜짝 안 하더니만 그사이에 표정이 밝아졌습니다?"

"그때야 웃어 줄 필요가 없는 블랙 요원이었잖습니까? 지금은 대외적으로 화이트 요원이 되었으니까 웃으면서 대해야지요, 하하하. 서비스직에게 미소란 중요한 포인트 아니겠습니까? 하하하."

'CIA 놈들이란.'

도대체 뭔 짓을 해야 직급마다 저리 성격이 변하는지, 노형진은 도무지 이해가 가지 않았다.

'하지만 내가 이해할 이유는 없지.'

지금 중요한 건 강훈 요원이 자신을 찾아온 이유다.

"그나저나 일반 요원이 아니라 한국 지부 대표를 보낸 걸 보니 본사에서도 이건 좆 된 거라고 생각하나 보군요."

"하하하, 좆 된 거다. 네, 저는 그 말이 참 어감이 좋더라고요. 뭐랄까, 진짜 상황이 개판인 걸 함축적으로 너무 효율적으로 알려 준달까요? 다만…… 그게 저희가 될 때는 좀 기분이 더럽지만요."

웃고 있는 제리 강이지만 노형진은 그 안에 숨겨진 날카로운 빛을 놓치지 않았다.

"여차하면 저라도 죽여 버릴 생각인가 보군요."

"저희라도 살아야 하지 않겠습니까?"

싱글벙글 웃는 강훈.

하지만 이제는 거의 쓰지 않는 암살 작전을, 그것도 미다스인 노형진에게 실행할 생각을 할 정도로 페트로 달러는 미국의 약점이었다.

물론 평소라면 누구도 그에 도전하지 않을 거다.

하지만 중국이 도전 중이고 러시아가 돕고 있다. 그 상황에서 사우디아라비아가 반기를 들었고 거기다 마이스터가 유로를 끌어들였다.

아무리 미국이라고 해도 이게 위기라는 걸 인정하지 않을 수가 없는 상황인 것이다.

"뭐, 저를 죽인다고 해서 뭐가 바뀌지는 않을 겁니다. 제가 죽는 순간 약점은 그대로 사우디아라비아로 갈 테니까요."

"필요하다면 미국을 무너트릴 수 있다는 거군요."

"맞습니다."

"흠, 굳이 그러셔야 되겠습니까?"

"선빵 친 건 제가 아니라 미국 아닙니까?"

"하아~ 그게 말입니다, 저희가 원해서 그런 게 아닙니다. 미국도 요즘 경제가 안 좋아서요."

"한국도 마찬가지죠. 그쪽에서 선빵을 친다면 '우리라도 살아야지요.'"

노형진은 강훈에게 그가 한 말을 그대로 돌려주며 싱글벙글 웃었다.

강훈은 그런 노형진의 모습을 바라보다가 한숨을 내쉬었다.

"역시나, 위협이 먹힐 대상이 아니시군요."

"저를 죽일 수야 있겠죠. 하지만 그 결과가 미국의 붕괴인데, 그리고 '제 암살 작전에 대한 통지'를 인터넷으로 공개할 건데 과연 CIA에서 버틸 수 있겠습니까?"

노형진은 눈짓으로 한구석을 가리키며 말했다.

"설마 다 촬영해 두셨습니까?"

"당연하죠. CIA와는 같이 일할 뿐, 우리가 서로를 믿는 관계는 아니지 않습니까?"

강훈은 '역시나'라는 생각을 했기에 그 말에 화내거나 흥분하지 않았다. 도리어 안심했다.

'막무가내로 싸우겠다고 하면 진짜 돌이킬 수 없다는 거지만.'

도리어 저런 걸 준비했다는 건 협상의 여지가 있다는 뜻이다.

당신이 선을 넘지 않으면 나도 넘지 않겠다는 의미니까.

"원하시는 걸 말씀해 보세요."

"한국에 대한 압박을 멈추시면 됩니다."

"그러기 위해서는 상공회의소를 제압해야 합니다만, 힘듭니다. 미국은 자본주의국가고 자본을 통제하는 건 그들이거든요."

"그놈들이 뭔 짓을 하는지 FBI가 모르지는 않을 텐데요?"

"거기는 상관없죠."

“없다고요? 설마요. 이미 알 건 다 알 텐데.”

“하?”

이미 다 알고 있다는 듯 노형진이 씩 웃자 강훈은 인정할 수밖에 없었다. 예나 지금이나 모른 척 넘어갈 수 있는 사람이 아니라는 걸.

“뭐, 그렇다고 치죠. 하지만 미국은 극단적인 자본주의국가입니다. 무슨 말인지 아시죠? 한국도 그렇지 않습니까?”

“알고 있습니다.”

FBI는 짐 베머를 비롯해서 한국을 압박하는 이들의 약점을 가지고 있을 테고 상황에 따라서는 그걸 터트릴 수 있을 거다.

하지만 그것만으로는 짐 베머를 날릴 수 없다.

돈이 있으면 약점도 충분히 덮을 수 있을 테니까.

돈만 있다면 살인죄도 면할 수 있는 나라가 바로 미국이다.

실제로 부자병이라는 이유로 음주 운전 살인을 처벌하지 않았던 미국이니만큼 짐 베머 정도의 재력가라면 뭘 해도 처벌을 면할 거다.

“그러니까 정책적인 실패를 공격할 수 있어야 합니다.”

개인적 범죄가 아니라 사회적 책임이라면 이야기가 달라진다. 아무리 돈을 먹여도, 사회가 박살 나는 책임을 누군가는 져야 하니까.

“그리고 마침 적당한 게 있죠.”

“어떤 거죠?”

"공매도를 할 겁니다."

"네?"

그 말에 강훈은 자신의 귀를 의심했다.

"공매도를 할 거라고요, 미국을 대상으로."

그리고 다시 한번 확실하게 들었을 때 그는 심장이 덜컥 내려앉았다.

그는 한국인 핏줄이지만 미국인이기에 미국인으로서의 정체성을 가지고 있었다. 그렇기에 지금 노형진이 한 말이 얼마나 심각한 것인지 알고 있었다.

"페트로 달러에서 벗어나면, 그래서 유로나 위안화로 결제가 가능하게 되면 모든 달러는 미국으로 쏠리겠죠. 그러면 멀쩡한 기업들이 얼마나 될까요?"

그들 모두의 가치가 폭락할 거다.

일부는, 아니 실로 엄청난 숫자의 기업들이 버티지 못하고 넘어갈 게 뻔하다.

"그들을 대상으로 공매도를 걸어 버릴 겁니다. 달러가 아니라 유로로."

공매도 수익조차 달러가 아닌 유로로 받는다?

그러면 미국 달러의 가치는 휴지 조각으로 취급될 거다.

"화폐가치가 안정적이지 못하면 그 돈은 인정받지 못하죠."

국제통화에서 위안화가 일본의 엔화보다 더 가치가 낮은 이유가 뭘까?

당연히 안정성이 떨어지기 때문이다.

경제 규모도 중국이 일본보다 더 크고 시장도 중국이 일본을 압살하지만, 중국은 변수가 너무 많다.

그리고 러시아는 아예 퇴출되어서 루블화는 국제시장에서 거래 자체가 안 된다.

"페트로 달러 시스템을 버리고 공매도 수익도 유로로 받는다고 하면 과연 미국 달러의 가치는 어떻게 될까요?"

아마 시궁창으로 처박힐 거다. 그렇게 되면 EU는 적극적으로 유로를 퍼트리기 위해 노력할 것이고.

"설마 진짜로 그럴 거라는 건 아니죠?"

"물론 아니죠."

진짜로 그랬다가는 미국에서 진짜로 노형진을 죽이려고 달려들 거다.

"그쪽에다가 알려 주라는 거죠, 이렇게 될 것 같다고."

"같다?"

"상공회의소에서는 지금쯤 마이스터가 미치지 않고서야 굳이 극단적인 방법을 택할 리가 없을 거라고 믿고 있겠지요."

왜냐, 미국 기업이니까.

그러니까 미국을 공격하지는 않을 거다.

그렇게 믿고 있고, 실제로 최후까지 그 말을 했다.

"하지만 미국이 망해도 마이스터가 살아남을 수 있다면 이야기는 달라지죠."

도리어 그 정도 수익을 낸다면 미국을 버리고 유럽으로 가면 그만이다.

“그리고 그렇게 소문나면 살고 싶은 사람들은 저희한테 올 겁니다.”

그리고 신나게 이 문제의 원인은 짐 베머라고 주장할 거다.

“아무리 돈이 많다 해도, 모든 자본가를 적으로 돌리고도 살아남을 수는 없죠.”

타협이 가능한 이가 있고 타협할 것 자체가 없는 이가 있다면, 결국 타협이 가능한 쪽과 협상하는 수밖에 없다.

“무서운 분이군요.”

강훈은 인정할 수밖에 없었다.

아마도 노형진은 처음부터 이런 계획으로 접근했을 거다.

“물론 약간의 세탁이 필요하지만.”

“그거야 어렵지 않죠.”

다른 곳도 아니고 CIA가 정보 세탁을 못할 리가 없다.

“조금만 기다려 주시면 원하시는 결과를 가져오겠습니다.”

“그러면 기대하고 있겠습니다.”

그렇게 한국의 작은 사무실에서 미국의 최대 권력자 중 한 명의 미래가 결정되었다.

다음 권으로 이어집니다

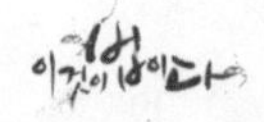